看白雲

我与收藏的因缘

王　玮　著

文匯出版社

文化一直躲在静谧之地，但她从来都没有停止过传播，只是当你触碰到她的时候，你是否愿意继续和她牵手前行。

——王玮

彭玉麟（1817—1890）行书《浅春堂》

　　王玮，1973年生于上海，祖籍河北省景县，又名白云，斋号成德堂、浅春堂。因儿时受家藏古物启发，对中国传统文学与艺术产生了浓厚兴趣，并从读研清代黄钺的著作《二十四画品》开始，再到直观地了解中国传统山水、人物、花鸟及书法之大义后，逐渐形成自己的收藏价值观和见解。历经数10年磨砺，秉承执着的信念，痴心不改。近年来有多篇介绍书画类文章见诸报刊。

- 黎简行书 《看白云》
- 设色纸本 纵17.3cm 横46.7cm
- 钤印：简民

　　黎简（1747-1799），广东顺德人，字简民，一字未裁，号二樵，又号石鼎道人、百花村夫子，是康熙朝以后广东第一位有全国知名度的书画家。其诗书画印俱绝，名魁"粤东四家"，有"足不逾岭南，而名动天下"的美誉。因他极其喜爱罗浮、西樵两山，所以自号为二樵，故人们又敬称他为二樵先生。

序

　　"吾生也有涯，而知也无涯。"这句出自庄子的名言，其大意是：我们每个人的生命都很有限，而知识的海洋却是无穷尽的。

　　事实上，从我们出生起就开始认识世界，并通过不断学习和思考，求得破解当下及未来的各种现象和奥秘。我们每个人能做的，就是在自己有限的时间内，做一些自己觉得有意义并能使自己快乐的事情，如此才不枉来人世间走一遭。生命的有限，更能凸现出它珍贵的价值，而我们要做的就是在有限的时间里获取更多的知识，同时将知识转化为智慧和能力；努力造就更好的自己；尽己所能地传承人类或民族的优秀文化，以使我们的子孙后代不忘来路，了悟归途。

　　"逆水行舟，不进则退。"身处时代的浪潮中，我们唯有不停歇地求知和进步，才不会被时代所淘汰。"路漫漫其修远兮，吾将上下而求索。"这是先哲们两千多年前就昭示的人生真谛！

我生逢一个即将迎来大变革的时代。那是1973年，我出生那天，全家请了学历最高的舅父为我取名"玮"，喻"美玉贵重"之意；而此时我父亲好似出于对某种梦想的寄托，想起他年轻时非常欣赏的一位在电影界被誉为"影坛骄子"、名叫白云的男演员，便又给我另取了个寄名，也叫"白云"。此后，正因为家里人一直都叫着父亲给我取的寄名，随之左邻右舍也都跟着称呼我为"白云"。直到现在这个年龄，我偶尔回到旧居，老邻居见了我，依然会亲切地叫我一声"白云"。别名"白云"，就这样成了我另一个常用名。取名字对我而言是无法选择的，但对于白云，我确是不反感的；何况白云悠悠，自由而开阔，这既是一种状态，更是一种境界，多好！

　　为了给本书确定一个书名，我冥思苦想、反复斟酌，最初想到的是"穷人玩收藏"，以为自己出身贫寒，所收藏的作品也未必是最好的，可又觉得有些不妥。后来又想到自己从小在上海的凤城三村长大，书中主要写的又是涉及自己的成长经历，忽而有了"凤城纪事录"的念头。然而再仔细推敲，似以为稍显局促，出版业的朋友亦认为，格

2

局不大。正当我为书名几番搜索枯肠之时，适逢与我相交多年的一位好友知己闻听了此事，竟馈赠我一幅由他多年收藏的出自清乾隆年间"粤东四大家"之首黎简手书的匾额，上书"看白云"三个大字。看白云岂不就是在看我吗？由此瞬间触发的灵感，我便定下了现在的书名，并以原作的墨迹作为这本书的书名题字。事实上，书名的确定代表了全书方向的确定，如同在一片迷雾中闪现出一条清晰的道路，而不至于迷失方向。

在此我要特别感谢这位好友的慷慨解囊，并始终铭记于心。他在关注我不断迈进的同时，还用真诚的友谊来启发我对事业的追求，成就我打开此书篇章的第一页。

也正是这幅好友馈赠的书法，为我在之后省去了许多不必要的麻烦，原因是每当有艺术品拍卖公司的负责人上门向我征集作品时，我都会先声明由于自己从不轻易转让藏品，才会有这幅受赠书法的来历，而他们一经了解此中原委后，往往知难而退，不再纠缠了。

围绕这么一个有趣的意念，原来我处女作的书名，远在 200 余年

獸碧神不可數依乎惠為文甚古為獸蟲魚上竹書周書同文也老師宿儒三四

其尚不能通曉字吾恐知其今不異於古所云

讀古今人同昭晰者無起蔚字吾其相影間其名也

弃古今人同未可知也其下不及於古作俗下文合

其四十餘載者是其采似而畫與之有之苟可觀也非

至萬好其所依致多如是那憶吾因之有感矣斬石志於古者

而軌傳之人不識之不能編觀而畫識也智以為當然或得一

有漢之人不識之所樂盍然有果於人未嘗不加倩不復

釋書不觀者老而志益困泊與淡相遺少思德不加倩不復

有未問者則曰我不知也嘯歌古人未嘗不搖歌不

卷書讀不必大怪也古人有言志於古者

各自名家苟可以寫其智巧致。硯。搦筆欲書將下復

至藍浸灌皆待人刀而後寬也外之文字古者

遠別石以記難出於傳記百家之書可效可師世。多有

磨礱解離鑲嵌字蛇人則姓名字行有載文。執

獨文字氣知字書始于何時自始繩之代其稱蓋義為

而軌傳之那有字書來原遠而未蓋分書日益多編簡所

存滋之人不能編觀而畫識也智以為當然得一

任其體家居未出一室之內袖手踜肩倚北墻望芳圖記

有其長漢輯用自愧其心之所樂盍然有果於人乎成句

釋書不觀者老而志益困泊與淡相遺少思德不加倩

然乎其未然不然嘗於時事都不通曉有志其本而泥古諫其之

治本乎斯文有事而忌其源有志其本而泥古諫其之

卷書讀不必大怪也古人有小也古人有言志於

誠工臣氏之工也非令坐所諦就令如是尔不足貴貴

升雲芳澤上氣水也始自山出雲者得其邊者固有

異焉所不可知者其文剝缺十七二三振石藏深山更千萬年方不以人力也不

文宜易宜難無遺不宜惟其是尔自藏深山更十萬年方不以人力

同功於造化陽開陰闔惟所用之此天也非人力也不

雕琢為工不學以能乃可貴耳易大傳曰書不盡言不

畫意泉萬之生人性之善孰非天那作法制以教天下重

諸文為浚世雖本於聖人曰仁曰禮曰信曰義智與天

生俱生其神義所感旮嵒呈辰之行互萬古森列不可勝數

水土所生其神義所感旮嵒軒天地昭布森列不可勝數

不有得於令必有得于古不然

務出于奇圖者載器自圖其有名者其所為文渾無涯其必有意

不知造物者意竟如何安無不道達其安無不道達其

脫然若流疴寿體豈不快哉文多所不通且日世

然然若深隱若文多所不通且日世

有名者必將有以取之亦娛其理宜亦有以自娛雖外物至

不睬于心如是者以樂乎有此異同必資論辯故吾

道其命於天者以解之以未詠其所志

丁丑中秋集釋文為序

- 齐召南（1703-1768）小楷录《韩愈集》序
- 设色纸本　纵29.3cm　横113.8cm
- 备注：原国民党元老袁希洛（1876—1962）收藏并题签
- 钤印：齐召南印、次风
- 鉴藏印：素民

齊召南字次風號瓊臺晚號息園天台人雍正十一年舉博學鴻詞官
至內閣學士禮部侍郎雍正皇六子弘瞻師之書法遙於史地目錄
之學開清代儒學息園派著水道提綱具詳源委脈絡應代帝王
年表舉諸史綱要并行於世與同時實光鼐并稱南齊北實深得
乾隆帝賞識息園先生手澤世所罕觀余幸得此小楷集韓文序係國
民黨元老表希洛舊藏流傳有緒觀其書法深得歐陽信本平正險
絕之旨豐筋少肉簡勁遒麗誠如皇清書史卷七所論乾隆前葉兩
浙名流如全謝山杭董浦厲樊榭諸公皆不善書惟齊宗伯頗留意書
法乾隆間兩浙學術大盛然以學問書法并稱者既鮮近代學人中
更難有其匹摩娑之際先生風采如在目前乙未桂月委諸上海文史
檔案館善為重裝目綴數語於卷末成德堂白雲識於燈下

作者生活中的习字留影

前的丹青妙手就早已为我题写了。说到此处，不由得勾起我对过往收藏中所存在的诸多天意安排的回想。这些巧合的经历我都会在本书中用文字叙述的方式慢慢展开。

其实我不是一个善于书写自己的人，能将这本书写到最后一个字、最后一个标点符号，实属我人生中的初次尝试。因为从幼时起，我就在不知不觉中与中国书画艺术结下了不解之缘；加之在后来的成长过程中，又忘我地投入学习与研究中，并借助所学到的知识，再付诸真实的收藏经历，凭借记忆凑成文字。

同样，本书的责任编辑乐先生也是我多年的朋友，在与我许多次不经意的闲聊中，了解到我跌宕起伏的收藏经历和带有玄机妙境般的情节时，竟对我青睐有加。蒙乐先生不弃葑菲，并在他多年来不间断地鼓励下，我终于被其至诚所打动，从而鼓起勇气写下了自己林林总总的真实往事，以及学习历程中所得到的切身感悟。

或许我未能写成最好的文字，但裸露其中的，一定是最真实的自己。至于耄荒疏漏，也就在所不计了。生命如斯，爱过就好。

2015年，本书作者为齐召南小楷手卷题写尾跋

目录

一、

幼时喜描摹

我家有一尊祖传的花瓶，上面有彩绘仕女人物画。孩提时，经常是奶奶在家照顾我，为了不让我顽皮，她老人家总要对着这尊花瓶上的人物，给我讲述一些不着边际的故事。瓶上绘画的内容是十三位仕女人物和一些含有吉祥寓意的神兽。其运笔之法，将环境、气氛、身段与动态的渲染，处理得气韵生动，形神兼备，尤其是仕女人物的衣服、纹饰、人物开脸和神态，都刻画得极其逼真而传神。每当奶奶对着花瓶和我说起不同的故事时，我就会冲着花瓶上的绘画看得出神。久而久之，那上面的绘画竟然在不经意间培养了我幼年时对美的感受力，以及最初的那种婉约、柔弱的审美。

对于这尊花瓶的形制及绘画上的意蕴，一

· 清 粉彩人物侍女 天球瓶
· 高37.9cm 足距13.2cm

直等我成年后才真正搞清楚：它属于清代的粉彩天球瓶，整体人物所指的是一部中国古典名作《红楼梦》中的十二金钗，其绘画体现了清代典型的传统技法与风格。

即使过了许多年，我仍常想起自己总喜欢在托儿所的墙上画图，没有笔，就找来一些硬物代替。我只是想画些什么。其实类似想临摹的冲动，就来源于家里那尊花瓶对我释放的魅力。那天我在墙上边刻画边唱着：大头娃娃上班班，爸爸上班班……巧了，就在这时，父亲来接我了，弄得我着实有点扫兴。

我上幼儿园时，教室里摆着一架钢琴，老师有时候弹着琴，教大家唱一些儿歌，因为我嗓子好，还成为整个班的领唱。蓦然思及，感觉小时候自己对艺术就有那么一份天赋。

幼儿园快毕业之前，父亲忽然想起要对我进行"学龄前教育"。

由于他本身并不知晓太多幼儿教育的内容与方法，仅是想到自己唯有一笔好书法还足以教教我，既能使我提前认字，又可以早早让我学会写字，这样似乎总不会错。于是他买了一大堆毛边纸和字帖，要求我一个劲地练习书法。

就这样，在父亲的指导下，我开始识字临帖了，而那些堆在面前的字帖，统统都是历代的名家经典。也别说我当时认不认识字，写得好不好，这一过程至少让我了解了汉字书法从起笔、运笔、转承到收笔的基本要领，也掌握了汉字的笔画顺序。尽管一切都显得十分稚嫩，但毕竟构成了我在书法练习上的起步。等到上了小学，混淆的问题来了，因为习字帖上皆为繁体字，而在现实的课堂上又要再去识别简体字，由此使原本就不算聪慧的我，感觉读书完全是一件"寸步千里"的事情。开学没几天，为勒令我将繁体字改正为简体字，语文老师居

张乐平《三毛流浪记》

作者7岁作《三毛流浪记》

然多次将我父亲召唤到学校，当面告"状"。

时过境迁，多亏当初脾气倔，没改正，才对我日后阅读古代书籍和欣赏书画带来了便利。直至现在，我下笔时依然习惯用繁体字。我对繁体字情有独钟，因为它是我学习上的初遇。它作为表意文字极具美感，它的美是源于对自然深刻的观察与解读，把想要传达的意愿通过一定的艺术呈现，使其表现得更形象而别有趣味。汉文字的博大精深和书法艺术的独特美感，的确构成了我们民族最坚实的文化支撑，就算我那时少不更事，仍被它深深地吸引。

很偶然的一次，父亲不知怎的，给我买了一本张乐平的《三毛流浪记》。拿到这本漫画书翻看的第一感觉是，其中人物故事及绘画用的线条对我幼时的视觉产生了影响，这本书同样成为我启蒙时期必不可少的"玩伴"之一。因为特别珍爱，直到现在我依然妥善地保存着这本漫画书，保存着一段童年不可或缺的美好记忆。作者在书的封底上描绘了大雨淋在三毛身上，三毛双手交叉紧抱着颤抖的身子，雨水从主人公褴褛的衣衫中渗出，流淌了一地。彼时感觉这幅图画好似那个年代所有苦难孩童的真实写照，感慨系之，便一时冲动，拿出纸将这幅画临摹了下来。岂料父母看了后，异常高兴，父亲还在我临摹的习作上写了七个字："白云七岁画三毛。"它也被我夹在书里，细心地保存至今。

从最初视觉上的碰撞，到对事物的自我理解，再从感悟中动手临摹，也许就是在那时，我已经拿到了打开艺术爱好大门的钥匙。由此我的画画兴趣与日俱增，仿佛只要我坚持下去，便可真正跨入艺术的殿堂。是的，学龄前那段短暂而美好的岁月，几乎都停留在描描画画之中，让我乐此不疲。

上小学了，校门口有卖刻纸，类似贴在玻璃上的窗花，在刻出来的图案上盖上一张纸，用铅笔来回涂抹，所刻的图案就被复制了过来。看着又好奇又喜欢，可我就是没钱买。随后我想到把那些刻纸上的内容凭记忆画下来，再用小刀片刻好，自己制作。做工之精美绝不亚于街市上所售贩的同类货色。

不久，市面上流行看《三国演义》连环画了，我便徒步前往杨浦公园对面的新华书店，将过年时大人给的压岁钱倾囊而出，一看价格，买整套的钱尚不够，就只得挑几本封面好看的买下来。

那些连环画里的古代故事，就是我最初的历史老师；里面展示的那些极具英雄气概的人物形象，就是我的美术老师，看着会让人情不自禁地想临摹。我临摹这些小儿书上的画所达到的痴迷程度，已使自己根本无暇顾及日常要完成的功课，只要拿起笔，满脑子全是连环画里的人物线条、神态举止，似乎完全沉浸其中，导致我不爱读常人眼里"正经的书"，还时常不理会老师布置的作业。我把临摹的《三国演义》中的人物画，一张张地往家里的墙上张贴，最多的时候一面墙上贴了十七八张。

起先父亲也没当回事，毕竟之前有过临摹"三毛"，他还一时高兴过。可问题是我后来的考试成绩直线下降，将画画与正常课业本末倒置了，甚至完全让读书没有了位置。这一下，父亲来气了，采取了最简单粗暴的做法，就是撕我的画，连带着把那些连环画也一起扔了。那些日子里，只要我画一张，他就撕一张，内心的那个恨啊！可即便这样，仍无法使我对画画的爱好有丝毫减弱。之后我就继续偷着画，画完了交给同住一幢楼的同学带回家，让他帮我藏起来。

后来我找到了价钱便宜，甚至不花本钱的临摹对象，那就是当时流行的"香烟牌子"，特别是其中的古代英烈排行榜。因纸牌上所绘制的这些英雄人物相当精致而传神，且大都是彩印的，烟纸店就有售卖，完全可以拿来对照着临摹。纸牌里一小格一小格的，都是古代神武的铠甲勇士，这些小方格虽说尺幅极小，却将人物形象刻画得栩栩如生。是时最热门的当数《隋唐演义》，至今我还清晰地记得所临摹过的那些人物。

因为临摹的需要，我会积攒一些零花钱，等新的纸牌出来了，一定会去买上一张回来裁剪，临摹后又陆陆续续藏于同学家。

　　一次，我决定整体欣赏一下平时累积的"画作"，也想对比一下自己进步的程度，便让同学把我临摹的画悉数带给我，并提醒要提防我父亲。因为每天都是父亲送我上学的，那天也不例外，到了校门口，父亲总不免一番谆谆教导后才离开。我目送着父亲远去的身影，赶紧让替我保管临摹画的同学从书包里拿出一沓我的"作品"，想马上体验一下成就感。正在此时，父亲又想起一件什么事，突然折返回来，见到了那一幕，夺过那沓纸，一看便知道是我画的，二话没说，当场狠狠地把我的"丰硕成果"通通撕得粉碎，然后往空中抛去，纸片顿时如天女散花，随风飘散。

　　让我难过的还在于其中有一幅是我的得意之作——画的是孙悟空。我十分喜欢上美术课，美术老师讲课时总能抓住图画的特点进行分析，给我留下了深刻印象。尽管我不知道美术老师的专业学识到底有多深厚，但当时引领我学画画却是绰绰有余的。是她给了我最初的美术启蒙教育，什么掌握线条呀，掌握一幅画的特别之处呀；譬如说眼神必须到位，注重画面的整体布局，诸如此类。那次美术老师在课堂上教我们画《西游记》里的孙悟空，我根据老师所教的方法，把孙悟空的神态、毛色、虎皮裙、金箍棒、飘带，临摹得非常逼真，受到老师的表扬，我心里别提有多高兴了。可这幅画也一同被父亲毁了。

　　我对画画的浓厚兴趣，最终被父亲视为不务正业。由此我更厌恶读书，觉得是读书耽误了自己很多"正事"，同时也引发父亲对我正常兴趣的粗暴压制。

　　我母亲信奉佛教，为了让我专心念书，没办法的办法就是一直领我去寺庙焚香拜佛，祈求神灵的护佑。可在我的眼里，庙里的佛像，

作者幼时所临《苏东坡墨迹选》《黄山谷（庭坚）松风阁诗墨迹》

还有四大金刚、众多罗汉，就是《封神榜》真实宏伟的场景再现。我曾临摹过《封神榜》中的人物，那是平面的，而寺庙里的佛像则具有逼真的立体感。当时让我感受到的是，有如此形象的场景浸淫，我在绘画上定会有更大的提升空间，所以非常愿意和母亲一起往寺院里跑。

都说童年是"金色"的，而我的童年却是"黑色"的，甚至比"黑色"有过之而无不及。正因为"黑色"，才更迫使我产生以"飞蛾之身"扑向光明的愿望。但父亲就好似一直横在我前进道路上的最大障碍，既让我看不到光芒所在，又时常无情地灼伤我，时至今日我对他仍怀有一种极其复杂的情感。

说到这里，就需要对我的祖辈做一番简述。

我的祖父是个非常努力而执拗的人，民国时期他刻苦自学英语，来到上海后先是寻得了一份在英租界巡捕房的差事，后因其才情出众，被巡捕房的英籍人士介绍到上海江海关任职；再经过多年不懈努力，祖父又被擢升为海关官员，家里也因此富裕起来，还在现在的静安寺附近置办了多处房产。父亲儿时在同仁路小学堂读书，他和我伯父都曾在哈同花园里踩着"兰令"牌自行车，吃着家里冰箱中冷藏的雪糕，于嬉闹中度过了无忧无虑的童年。如此想象一下父亲在优越的童年生活环境下，肯定也曾对未来满怀过美好的憧憬。只不过父亲所幻想的人生，因为时代而终止。尤其是受祖父历史问题的错误牵累，导致全家人被迫迁出静安寺附近的旧居，原本殷实的家境也由此一落千丈，到"文革"结束，家里的老物件除一些日用家具，就剩下那尊祖传的花瓶了。或许那时父亲唯一能左右的，就只剩我了。他一心想把自己未实现的愿望强加给我，让他的理想在我身上得以实现。父亲其实完全不懂教育，更谈不上采用适宜孩子的教育方法。他总是通过无形的"理想绑架"和有形的"拳脚教育"，梦想着我能成为他想要的那个样子。甚至他在外面遇到不顺心的事，没法向别人倾诉，郁结在心头非常痛苦，往往一回到家里，就将我当作他的"发泄对象"。

记得有一次，父亲在家用铲刀铲墙壁。此时，我正巧拿着一张刚画好的图画从同学家回来，本以为父亲不在家，谁知进门却猛地撞见了父亲，当即心头一惊，手里的图画掉落下来，却偏偏飘到父亲的跟前，瞬间，父亲的铲刀便铲在了我手背上，顿时手背皮开肉绽，深可见骨、血流不止，疼得我伤心大哭。母亲也在一旁边哭，边慌忙地找出酒精棉花消毒伤口，还用上了整瓶云南白药帮我止血包扎。此时父亲只是在一旁冷冷地看着，也没觉得应该带我去医院做进一步的医疗，就好像我理应付出这样的代价。那晚，我痛彻心扉，久久难眠。

由于我不想读书，成绩越来越差，我在老师的眼里也变得一文不值，直至成为"娱乐"对象。老师的教育必须"文明"，而家长是可以用棍棒教育的，所以老师就三天两头地找些事由，打电话通知我父亲立刻从单位请假来学校。父亲一到学校，大部分的场景是他在后面追，我就满操场地逃，老师则倚在办公室的窗户上观望哂笑，权当看一出免费的滑稽戏。一次，父亲终于追上我了，一把抓住我的头发，用力将我的脑袋往墙上撞去。因为抓得太过使劲，那一刻我就听见吱的一声，感觉到头皮和头盖骨分离了，头皮摸上去是软的，再摸摸头顶，上面全是水。过了好几个月，我的头皮和脑壳才愈合。

父亲是在冷冻厂工作的，最早的工种就是堆放整片猪肉。我8岁那年，一次去舅舅家做客，趁着热闹，我未听从父亲要求我做功课的指令，待房内只剩下我们父子俩时，父亲突然拽紧我的双脚，将我反复抡起砸向木板大床。那个瞬间，床单上印染的许多单调又粗俗的大块花朵，呼啸着不断向我迎面袭来。不知多少次后，那些恐怖的花朵在我的视线中逐渐模糊，我已露了白眼，哽咽着几乎没了呼吸。那天父亲好像非要将我埋葬在这一堆"恶鬼画皮"般的花丛中。垂死间，要不是外婆有事情折返回来，目睹到这一幕从而被当场吓得心脏病发作的话，我想那年我可能就没了。直到多年以后，我对印有单调粗俗的花朵纹饰，仍抱有深深的厌恶感。儿时受到类似虐待般"教育"的惨痛事例，真是数不胜数，令我至今思之泪目。但想到我的伯父就是因为在特殊时期受到迫害，却无处发泄，结果抑郁成病。同样的事情也是我父亲的遭遇，要不是有我一直扮演着"出气筒"的角色，兴许他也会憋出什么病症。而我作为儿子，冥冥中大概还背负着父亲"医疗器械"的身份，兴许就是我的这个特殊"身份"才挽救了父亲，使他挺过了因为遭受时代冲击而带给他的劫难，并安然健康地生活到现在。如此一想我也就释然了，权当自己是父亲的医疗器械，想来虽受些皮肉之苦，却感有那么些"丘山之功"。手背上至今看得见、摸得着的伤疤，是"金色童年"给我的永恒留念。

二、

废品站资给学养

　　都说集邮知天下，一枚邮票不过方寸之间，但它却是了解世界、回溯历史的一个窗口，同时因其精美细致的图案和色彩，曾深深地吸引了我。我真正意义上开始萌生收藏意识，应该就始发于那一枚枚小小的邮票。早年伯父和父亲在退伍前后与同学或战友的往来书信上，都粘着1958年前后的邮票。我的集邮册里曾经安安静静地躺着1956年的《天安门"放光芒"》、1953年的《军人贴用邮票》和1950年的《中华人民共和国开国一周年纪念邮票》等邮票，这些就是从他们那里索要来的。虽然盖过邮戳，但品相都非常好，如果放到现在，每枚都价值不菲。

　　但父亲是不会考虑集邮对我有什么意义的，

他只在乎我有没有认真读书，尤其是正值三年级升四年级的期末考试，再玩集邮岂不影响学业？在此之前，他已经把我所有的小儿书，连同那些印有《隋唐演义》人物的纸牌都撕了。他实在没东西可撕了，偏巧又见我在翻看集邮册，顿时火冒三丈，一把夺过去，这回没撕，而是从二楼的窗户直接扔了出去！

我伤心欲绝，眼泪止不住地往下流，赶紧跑到窗口向下张望。那天适逢休息日，一群小朋友正在楼下玩耍，好像就是专门候着的，发现从天而降的邮票册，一拥而上。等我赶到楼下时，草丛里只剩下一两张普通的常邮，什么都没了。小朋友们的欢声笑语深深地刺伤了我，那次是我弱小的心灵初次涌上生离死别的感受，其悲伤程度犹如和后来豢养了10年的爱犬离世告别时那般痛苦。我人生中第一次真正意义上的收藏经历，就在无比悲愤中结束了。

本溪路花鸟市场是我童年时最爱去的地方，整条街的人流日日熙来攘往，那里鸟语花香，鱼虫花草，着实令人眼花缭乱，我每次去都感觉犹如到了世外桃源。遇到蟋蟀"上市"时，我会去抓蟋蟀，抓到了不敢往家里拿，就去花鸟市场送给卖蟋蟀的一位老先生，每次去，摊位上的老先生总是笑眯眯地迎着我，一来二去也就很熟悉了。老先生还时常教我"识虫"的窍门，譬如蟋蟀的品种有黄麻头、紫三色、淡青、蟹壳青、重青，哪里的蟋蟀如何如何，什么样的蟋蟀该如何饲养……最令我开心的是，一次我为老先生抓到的蟋蟀，竟给他带来了辉煌的"战绩"，他高兴得让我去他家，挑了五只清代的蟋蟀盆赠予我。很可惜，那蟋蟀盆的品相再完美，我藏得再好，最终还是被父亲发现了，他仍是毫不吝啬地一只只从二楼的窗户扔下去。

那次我没往窗下张望，可能已经习以为常，知道蟋蟀盆已粉身碎骨了。我欲哭无泪，脑中一片空白，除了接受眼前的现实，不可能再有任何表示。或许不表示，倒反而少受些皮肉之苦。那年头，我所有视若宝物的东西都被一一剥夺，小儿书、香烟纸牌、刻纸、集邮册，唯有那幅"白云七岁画三毛"的画保存至今，这不能不说是个奇迹。

也许小学老师对我这个"调皮捣蛋、成绩又一塌糊涂"的学生还未彻底放弃，所以每天放学后，总爱把我单独留下来，有时是追加训斥，有时是罚站墙角，总之不折腾我一下，老师会觉得当天有件事情未完成。一般都得等到校工锁上大门前，老师才肯放我离校。可能父亲也认为这个方法很好，免得儿子放学后在外面闯祸。天黑了，每次回家的路上，我总是形单影只，眼前无景色，心中没希望，只有不多的车辆在近旁往返来回，其中有一次遇到一辆从废品收购站里驶出的卡车，那上面堆满了可供再生利用的书报杂志及其他废旧物品。应该是没扎严实，车辆在行驶中，纸张被风吹得四处飘散，而正是那次散落下来带有人物画像的纸片，引起了我的注意。那时已经太久没有可供我绘画临摹的素材了，而这个废品回收站恰好又是我每天上学放学会经过的，之后每每路过时，总想着会在那里面发现

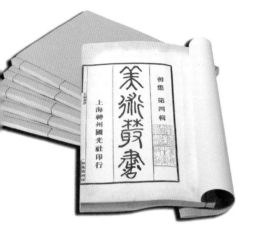

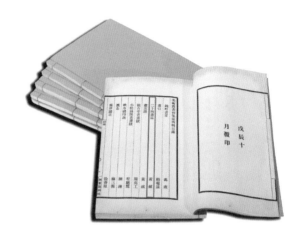

《美术丛书·二十四画品》
1928年出版

些什么。记得第一次进到里面，是我中午放学的时间，两名职工正捧着铝制饭盒，在堆放着废品的屋内吃着午饭，饭菜的香味和弥漫在空气中陈旧废品的特殊气味混杂在一起，那股怪味传到我的鼻腔内，真的是世上仅有。

其实一开始我并不知道我来干什么，甚至也不清楚自己想找到什么。我忍住难闻的气味，在一堆堆旧报纸、杂志和书籍中漫无目标地翻看着。殊不知在有形中不经意地用我稚嫩的双手，翻开了通往人生道路中的一扇窗。不知翻了多久，我发现一本线装书，觉得它的装订与其他书不同，便拿了起来。只见藏青色的布料封面上，印着一行烫金的字：可爱的中国，作者是方志敏。初次感观如此材质、装帧和形制古朴

方志敏遗著《可爱的中国》
上海出版公司1951年版

典雅的书籍，不禁勾起我对其中内容的极大兴趣。尽管方志敏是何许人也，在我当时有限的知识中尚属空白，但仅就书名却已深深地吸引着我这个在五星红旗下成长起来的孩子。

我拿着这本书央求一位男职工，说能否送给我。"行，看你蛮乖的，竟然跑这儿来捡书学习。有什么喜欢的可以拿走，但不许多拿噢。"对方爽快地答应道。我赶紧点头，同时把满满的谢意写在脸上。

虽说我并不清楚当时拾书的举动对自己日后会产生什么影响，单就眼前而言，可以免费得到各类彩色画报和书籍，再不用筹钱来买临摹绘画的样本了。此废品收购站对我来说，真的好似一座"洞天福地"。

《论文徵明画选》
上海人民美术出版社1979年2月第3次印刷

与这部革命先烈的遗作不期而遇，当属我在那个懵懂年代的一件大事，其书名是我最倾心的，书中方志敏用潦草的钢笔字书写的内容，是我当时所不能全部看懂的，但也逐步从断断续续认识的文字中体会了文章精神之所在，且在不经意间感受到了爱国启蒙教育。直到我成年，投入文化事业中，在了解了中华文明的博大精深后，仍会时时想起那个金灿灿的书名——可爱的中国，真的是那么可爱！她以自身所蕴含的5000年璀璨的历史，催生着我们整个民族强大的凝聚力和奋发向上的意志。

在往后的拣书岁月里，我自然对线装书籍格外留意。为方便以后进出废品回收站，我想到拿父亲的香烟向里面的职工示好，果然，这招有奇效。之后，香烟便成了我出入那里的"通行证"。每当他们点燃香烟，悠悠地抽着，便是我抓紧拣书的欢乐时光。一股股"凤凰牌"香烟的香气飘散开来，冲淡了四周浓重的怪味，好似满屋都升腾着书香之气。

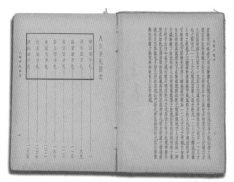
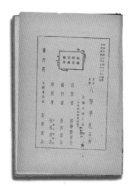

《八贤手札》
国学整理社1936年2月第3次印刷

　　真是苦心人天不负，通过这座废品回收站，我又相继找到了对自
己成年后在艺术理解领域和鉴赏领域产生深远影响的一些书籍，其中
主要有民国时期复刊清代版本的《美术丛书·二十四画品》、线装版
的《西清砚谱》和一些残损的《艺苑掇英》等，还有两种民国时期的
影印版《八贤手札》，一种用白话文注译、唐代司空图创作的关于
古代诗歌审美和诗歌理论的专著《二十四诗品》。这些珍贵的书籍
居然作为"废品"沦落在回收站里，并且被我鬼使神差地一一找到，
真可谓千载难逢之佳会。因此从某种意义上讲，它们构成了我贯通
中国古典美学与现代文艺价值判断的初始凭证，是在我研究艺术美
学道路上持续起到能量源作用的工具。之后只要有空余时间，我便
会翻阅那些拣来的书籍。阅读时，我时有所悟，也依然有惑，因苦无
良师可问，我的疑惑只能用自己的理解方式来慢慢领悟。这也难怪，
毕竟我还处于小学阶段，当时也曾拿着那些年代久远的书籍去问学于
老师，却被指责为有装腔作势之嫌，因为我在老师和家长眼里只是一

个全然不要读书的差生，但无论怎样，基于内心对绘画的那份热忱，我还是能从阅读的心得中感悟出一些什么来，甚至有时还会用书中所描述的文字，去比对那几本《艺苑掇英》中的画面，从而获得对表意文字的更深刻理解。

《艺苑掇英》不仅图文并茂，还让我初识了一些历代名家和他们各具特色的绘画风格，也是我用来临摹学习的范本。可惜有一本只剩书皮，另外两本都是缺页撕坏的，我只能从有限的画面和文字介绍中，去想象绘画艺术的无限可能。直到成年后，我才费尽心思地凑齐了《艺苑掇英》这套画刊，它对我在研究历代画史及名人名作上起到了巨大的作用。

记忆中，阅读时所遇到的难题有很多，譬如对有些词语和句子的深层寓意还只是懵懂，而且文字体现形式是竖排本，难免有些不习惯，但唯有反复看、看反复，才渐渐明白了什么，又生出不少感悟；尤其是很多词意或句意在前后连贯中通过自己的不断推敲，会慢慢感觉到时错时对，当真正明白过来时，脑海里会有一种通透淋漓的顿悟，见文如见景的思维学习方法，就在那时慢慢形成了。特别是其中《二十四画品》《二十四诗品》这两部极具代表性的艺术理论著作，虽然分属不同的艺术领域，但它们在审美追求、艺术表达上却有着异曲同工之妙。彼时我将两者结合起来进行学习，不仅使我深入理解了中国古代传统艺术的精髓，拓宽我的艺术视野，更提升了审美能力和艺术修养。这些弥足珍贵的书籍，竟然为自己日后的收藏和品鉴指明了方向。

那本《八贤手札》是晚清时期一些忠臣贤良的往来书信原件，由民国时期的出版商收集到一起影印成册，看起来非常直观。儿时的我，却把书名误解为是讲述当时流行的刘兰芳广播评书《杨家将》里"八贤王"的故事，才满心欢喜地带回家；后经仔细翻阅，才知道搞错了，书中的"八贤"原来是被后世尊称为贤人的八位晚清名臣，他们是胡林翼、曾国藩、骆秉章、左宗棠、彭玉麟、曾国荃、沈葆桢、李鸿章。此书最大的特点是"八贤"的亲笔手书，包括古人写信的称呼和礼拜格式，一目了然，中规中矩，至于内容则五花八门，有急就章的，有深思熟虑后的下笔。日后这部宝典给予我的滋养，完全超出一本书的价值，如同阳光之于葵花，其重要性是我当初未曾预料到的。当然，也可以理解为是一种运气，对有准备者的运气。

之后的阅读，我面对更多的繁体字，但因为有之前书法临帖的基础，所以也不是很困难；

遇到实在不认识的字，就用大伯和父亲读书时留下的一部民国版的字典来解决问题。那部字典的特点是图文并茂，假如要查一个"弓"字，在弓字旁会画一把弓，诸如此类，让查阅者一目了然，对我了然繁体字起到了很大作用。

儿时那段在废品回收站拣书的经历，对我有着特殊的启蒙和引领意义，最重要的还在于使我对新知识的探索充满了渴望，同时在拾取"未来"时也学会了感恩。

三、

劫财买书进工读

　　因为很喜欢家传的一本民国版字典，所以一直爱不释手，就连在上课的时候也时不时地翻看，导致这本字典竟然在课堂上被老师没收了；同时被搜走的还有我藏在课桌里的民国版《聊斋志异》，这部由清代杰出文学家蒲松龄所著的文学名著，也是我看图识字摸索学习文言古语的绝好教材。我当时气愤至极，便在课间休息时随手用彩色粉笔在大黑板上画了整整一黑板古代公堂之上的"海水崖石朝日图"。这也是迄今为止，我画过的最大一幅"图画"，潜意识里是要讨个公正。上课铃声响了，老师来了，非常自然地往讲台前一站，背对着黑板，不料顿时引起全班同学的哄堂大笑，一时还惹得老师不知所措，表情甚是尴尬。

这一次，老师通知我父母须一起到学校。那天还好是母亲来的，老师向母亲说明原委，最后写了个字条交给她，字条上只有一个地址：宛平南路 600 号上海市精神卫生防治中心。母亲似乎有点不相信自己的眼睛，而老师却指着上面的钢笔字，再次强调，一定要带我去那里看一下病，然后将病历卡带回来给他过目，关键是他必须看到医生配了药，才能让我来学校上课。第二天，父母都请了假，我也不用读书了，全家坐着公交车辗转赶赴那遥远的宛平南路 600 号。

那时的徐家汇一带还相对冷落，有些路段甚至可见满地的油菜花，记忆中医院的院墙内，栽种着几棵高大的、只有含苞待放的花朵而没有叶子的广玉兰，显得特别突兀。挂了号，一位女医生给我诊断，问了来龙去脉后，她让我两手放平，沿着地砖上的线慢步走，我就按照医生说的走完直线。她询问了我一些问题，具体是什么我现在记不得了，反正我是有问必答。片刻，医生拿出一张纸，又递来一支笔，让我在 5 分钟内随意画些东西。我当时觉得蛮开心的，脑海里随之出现《三国演义》中的人物，于是先是画了一匹乌骓马，又在马背上画了人物，一幅手持丈八蛇矛、怒喝当阳桥的猛张飞图，渐渐呈现于医生的面前；一直等我画完，那位女医生看了下手表，拿起我的画，微笑地打量着我。

医生和我父母沟通诊断意见时是这样说的：你们怎么这么听老师的话，他叫你们来这里，你们就来这里，不知道这里是什么地方吗？这其实对孩子的自尊心是一种伤害。我告诉你们，他只是特别专心地做着自己喜欢的事情，但在别人眼里就觉得不正常，我看孩子的老师倒是应该来我们医院看看病的。

医生的态度十分明了，但父亲还是央求医生开点药，并言明这是老师再三关照的，不然孩子没法去学校上课。

记得医生所开的药名叫"匹马林"，等到真的服用后，感到浑身有种说不出的难受，上课就是发呆，不知道老师在讲什么，下课了人也不想动，回到家里根本不想做任何事情。这个"匹马林"真厉害！

一个周末的下午，楼上的邻居要到我家来看电视，这天播放的是日本故事片《追捕》，我也蹭着看了，并被影片中高仓健扮演的杜丘所吸引。杜丘住在医院里，每天被逼吞下会让人变得神志不清的药片。我看到此，不禁想起自己正在服用的"匹马林"。接着影片展示了杜丘服用药物后，赶紧蹲到抽水马桶边，用手指伸进喉咙里去抠，迫使药片随着胃里的食物一起呕吐出来，令恶人陷害杜丘的阴谋未能得逞。这一情节意外地启发了我，我也要用杜丘的方法来保护自己。

此后，家里二楼窗台下的草地上，就多了我每天强迫自己呕吐出来的"匹马林"，我从"病人"又恢复为正常人。当然，在学校时，我还得努力使自己的行为举止"正常"起来，以便让老师错觉我服药成功，宛平南路600号没白去。

这事过了好多年，我还时不时地设想，倘若当时未遇到那位认为"老师有病"的医生，而是换成另一个"热心而马虎"的医生，然后给我开一大堆药，再按精神病患者进行过度治疗，可能我这辈子在那个时候就完了。世界真这么奇妙，不该你倒霉的时候，就是会有贵人相助，如同我在关键的时间节点上无意中遭遇了《追捕》一样，最终我也幸运地逃脱了"追捕"！

已有一段日子没画图了，抽时间逛了下新华书店，又见到了十分想念的小儿书，看着小书的封面，想象着里面的那些故事和人物，好想再悄悄地买上几本，可我兜里没钱，心里难过。我在书店内冥思苦索了许多种可能搞到钱的办法，又一一排除，最后居然想到了"拗分"。"拗分"在沪语里就是拦路抢劫的意思，而我那时还没多少法律意识，只是觉得这样做不好，却未考虑这样做可能面临的后果。贫穷的确会使人产生愚蠢的念头，这句话一点没错。

那日我离校后，快速赶到附近学校的校门外，盯上了一个刚从学校里出来的低年级学生。发现这个比我年幼的孩子正吓得瑟瑟发抖，我便觉得机会来了，一把揪住他低声喝道："快点把钞票拿出来！"对方慌忙从裤袋里掏出了一元钱。我见有戏，继续威胁道："还有吗？统统拿出来！"那孩子稍稍迟疑了一下，接着又从书包的铅笔盒里拿出五元纸币，怯生生地说："全部拿出来了。"初试告捷，我感觉心心念念的小儿书就在面前了。

可干了坏事，终究是藏不住的。几天后，那个学生的家长带着孩子到我们学校的各个班级来认人，我被逮个正着，连"拗分"来的六元钱都还在口袋里没来得及换成小儿书呢。

这还了得！经学校与派出所联系，决定立刻将我转送到工读学校上学，随即一辆绿色的警用吉普车驶入校园，我被送上了车，整个学校的学生按老师要求全部站在窗台边围观，目送我这个"反面教材"的离开。我为自己的年少无知和鲁莽冲动付出了代价。这也就意味着我的第二个六年级（留级）必须在工读学校里度过了，同时预示着其间不可能再去废品回收站找寻自己的向往之物。

到了工读学校，校方为我安排了班级及铺位，随后我将父亲送来的生活用品按规定摆放整齐。简而言之，工读学校采取的是军事化管理，除了每周可回家一次，其余时间须封闭在学校的围墙之内，课余时还需要参加轻体力劳动，表现不好时，还有适当的体罚。不过对我

20世纪90年代上海朵云轩营业大厅

而言，这样的过程或许是件好事，在这个与社会隔离的环境中，我终于可以安心读书了。很快，我的各科考试成绩进入班级前三名，事实证明我并非不可救药，这让老师感到欣慰。

每当夜幕降临，老师还会与我们闲聊，以便进一步了解学生的"思想动向"。一次，政治老师在讲述民国时期上海的奇闻轶事时，谈及当时社会上专业从事书画买卖的著名商号，有九华堂、戏鸿堂、朵云轩、吉羊楼、锦润堂……听得我简直入了迷，内心便有了新的向往。我想象着那会是一家家怎样的店铺，觉得在那里肯定可以遇见自己喜爱的事物。

照例是每周五的下午，父亲来学校接我回家，到周日晚再将我送回学校。这天出了校门，我试探性地央求父亲第二天带我去朵云轩看看。想不到父亲并未一口拒绝，而是要我保证好好读书，将来必须考入居家附近的区重点初中。也不管日后是否真能兑现自己的承诺，我当即毫不犹豫地答应了。

20世纪80至90年代
上海的17路公交车

　　次日，我随父亲走到通北路17路终点站，乘车至福州路。记忆中，那时的福州路破破烂烂，左边还都是老式的红瓦房，上面杂乱无章地晾晒着衣服。这是我第一次踏入朵云轩店堂，从底楼大堂看过去，真有点儿眼花缭乱、目不暇接；再顺着木质楼梯上到三楼，沿着走廊，旁边都是整排通天高的玻璃橱柜，隔着玻璃，里面陈列着徐悲鸿、齐白石、吴昌硕等大家的画作，每幅画的价格各异，有万儿八千的，也有五六百元的。初次观赏，我仿佛置身于艺术海洋的漩涡中，连呼吸都不由自主地屏住了，空气在此刻好像也凝固了。我的心情飞扬，看着满堂摆放的书画作品，第一时间联想到在废品回收站邂逅的那本黄钺所著的《二十四画品》，跟着书中所记述的文字，来感觉和比对面前这些大家的绘画。那是多么美好的一天！殊不知正是这一天，有意无意地为我之后的人生道路画出了一道起跑线……

　　以后的每个周末，我都会催促父亲带我去朵云轩。一次，我被置于三楼转角处三角柜中的一只百花不露底的天球瓶吸引住了。因为家中有样式相同的花瓶，看着上面的标价居然要8000余元，我马上想到家里的那尊也应该价值不菲。这是从简单的自我推论中就能明白的：原来古代的艺术品可以有这么高的经济价值。这让我越发珍爱自己家里那尊自幼相伴的花瓶，感觉拥有它自己也是特别富有似的。

　　就因为一次次地去朵云轩，一次次地流连于那尊花瓶前，我出于好奇，终于开口向工作人员询问清楚了此瓶的大致情况。原来这是尊造于大清乾隆年间的官窑瓷器，至于它为什么叫百花不露底，就是在瓷胎上都绘满了艳丽的花朵，从而把整个花瓶的瓷胎都遮盖了，故称作百花不露底。20 年后，就是那尊花瓶，我在北京的拍卖行看到它以 3000 多万人民币成交。这是过往记忆与之后巨变所发生的一次最剧烈的思想撞击，让我从中惊觉一件传世之作会随着时间的沉淀和社会的发展而产生巨大的价值变更。如果人可以顺着时光隧道回到过去，回到那个转角处的三角柜旁，那该有多好啊！

　　朵云轩附近的广东路上，还有一家上海文物商店。每次去过朵云轩后，我必定要和父亲顺道前往这家文物商店。对我来说，这不啻是多了一处观赏艺术瑰宝的殿堂。里面陈列着众多器形的瓷器，颜色和纹样也是五花八门。瓷器上所绘的人物花卉、吉祥纹案、鸟兽鱼虫等内容，还蕴含着诸多传统寓意和美丽动人的故事。这些珍品不仅开拓了我的知识面，更像一场场视觉盛宴，让我有机会近距离地直面古人留存至今的精美创作，汲取其中的艺术精华。

　　我注意到过道上摆放着木雕菩萨造像，一不小心就可能碰到。如果真的碰倒了，或许也没人会责怪你。那时候，大家对这些古旧玩艺儿都不太在意，少有人真正了解它们的价值。

　　抬头望去，边墙上还挂着许多名家字画。一次，我看到一对胡林翼的楹联，就是我在废品回收站拣到的《八贤手札》中的人物之一，那楹联上的手迹与信札里的如出一辙。由此我回想到，那一刻兴许是我步入鉴赏领域的第一次，这也从一个方面印证了那些被人送往废品回收站的书籍，并不全是仅供再生的废弃之物，其中肯定不乏宝贝，甚至不乏足以改变个人命运的通关文牒。

如今我已记不清曾和父亲去过多少次朵云轩和文物商店。我甚至对哪幅字画在哪个位置上都了如指掌。我经历了文物商店格局的多次调整，每一次格局变化都历历在目。

又到了去朵云轩的日子，那天父亲临时有事，脱不开身，但我也不愿放弃，便从母亲那里要了来回坐车的 1 角钱，出发了。也是从那天起，我开始了独自出行。

在工读学校，首先须把书读好和把规定的劳动完成好，才能每周按时回家。为了每周可以无拘无束地在朵云轩的艺术海洋中遨游，慢慢地，我读书也越来越用功了。

转眼一年过去了，在迎来的小升初考试中，我信心满满，如愿以偿地考入了父亲所期望的重点初中。这样的结果，是原先的小学老师没有预料到的；在他们看来，我似乎就是"垃圾"，再怎么分类也不可能挣脱填埋荒郊的结局。

进入初中，由于自由的空间相对大了，我就像笼中的鸟儿突然回归大自然，释放了本性，就又无心读书，上课只顾画图，放学后尽情打闹，好像要把旧时失去的快乐加倍补回来似的。当然，一天到晚游戏人生，白云也有倦怠的时候，偶尔在休息日，我仍不忘去朵云轩再寻游一番；驻足于那些大师的作品前，凝望并参悟些什么，而那些作品的价格大都未变，依旧是万儿八千的。那时我父亲每月的工资是 42 元，母亲是 40 元。想到仅凭如此微薄的收入要买这些画作，根本就是一件自不量力的事情，我也只有饱饱眼福的份。

忽然，在一堆卷轴中，我发现有一幅轴头上标价 500 元的画轴，感觉这个价格似乎离我家的实际情况还略有些相近，便满怀憧憬地让售货员从货柜中取出卷轴打开来观赏。"是张克龢。"营业员脱口而出，同时一脸不屑地打量着我，仿佛在用眼神回应着一个孩子投递来的玩笑。"嗯。"我故作正经地点着头，心里却是慌张得不行。因为那时，我甚至连张克龢是男是女都无从知晓。

展现在我面前的是一幅张石园抚唐寅山水意的三尺单条，我凝视着画卷，思绪中同样连系着黄钺《二十四画品》著作中的论述。

这幅画风恬静，如音栖弦，如烟成霭，平和中具苍润且兼顾雄浑气概的作品，实在令人过目难忘；关键是轴头上的那500元标价，对我产生了无可抗拒的诱惑，以至于刚放下卷轴，还未跨出店门，我便在心里盘算着可能从哪儿弄到这么一笔钱。

世上有一种遇见，一见倾心，再见坎坷。

四、

盗钱买画

　　在那个年代，500元毕竟是一个很大的数目，何况对一个身无分文的初中学生而言。可只要我走进朵云轩，都会径直来到陈列张石园卷轴的玻璃柜前，目光停留在画轴上，忘了时间，也忘了自己是如何离开的。我彷徨许久，平生第一次在愿望与现实面前踯躅不前。每天在课堂上课时，就是我追忆那幅画每一个细节的最佳时候，特别是微风吹动松枝的笔意，所呈现出的飘逸俊美的景致，似有阵阵松涛声萦绕于脑海心间，久不散去。我全然听不见老师在讲台上说些什么，有一次被老师点到名回答问题，我都答非所问。

　　每当夜深人静，我躺在床上总是冥思苦想如何完成愿望，无意中猛然想起母亲有藏新纸

张石园拟六如居士笔意绘松壑聽泉图

原朵云轩精藏

成德堂白云王瑞诚

币的喜好。我曾目睹她将一张张崭新的
10元人民币和一些国库券装进一个信封，
再放入大橱内的抽屉里。橱门上有锁，
会上锁，而里面的抽屉没有锁。

母亲是饮食店的点心师，每天凌晨
三四点去上班，中午就下班了。回到家
的母亲有睡午觉的习惯。我想趁母亲午
睡时，偷拿大橱钥匙打开橱门，可房内
空间有限，我怕自己在开橱门时会弄出
响声，从而惊醒了母亲。这样思来想去，
总觉得应该找一个更稳妥的办法。我后
来的灵光乍现，源于学校对面的那个修
配铺，铺子里居然架着配钥匙的手工机
器，这是我以往一直没有注意到的。那
天无意中的一瞥，犹如鬼使神差，我当
即有了主意。几天后的午间，确定母亲
已沉沉入睡，我赶紧从母亲的包袋里获

张石园（1898-1959），又名入玄，字克
稣，一字蔼如，又号麻石翁，江苏武进人，是
海上著名的书画家、鉴赏家。

• 张石园《拟六如居士笔意绘松壑听泉图轴》
• 纸本 纵106cm 横28cm
• 钤印：武进张石园诗画印、砚云山馆
• 收藏印：冰庵居士鉴定

取了大橱钥匙，然后慌忙奔向学校对面的修配铺，配好钥匙再返回家中，将母亲的那把钥匙放归原处，整个过程只花了不到半小时。

接下来便是静候"取钱"的日子。总算盼到了家里没人的空当，我鼓起勇气取出偷配的钥匙，惴惴不安地将钥匙插入大橱的锁孔。转动钥匙的一刹那，我的心跳骤然加速，呼吸变得急促起来。这是我有生以来第一次偷拿家里的钱，而且是一笔"巨款"。中间我似乎也有过犹豫，但想到那幅梦寐以求的山水画卷一直在朵云轩等候着我，当即横下心来打开橱门，从抽屉的信封里倒出钞票，横点竖点，却只有300多元，就算再凑上我多年积攒下来的60多元压岁钱，还存在不小的资金缺口。容不得多想了，我索性将信封内的另外几张国库券也一并拿走。我知道母亲平时很少会去翻动那个信封，如果自己有足够的运气，在母亲翻动信封前能弄到钱"补"回去，便可神不知鬼不觉了。最终，这些国库券被我从贩卖外烟外币的"黄牛"那里兑换成了现金，刚好凑齐了500元。现在想来，幸好国库券被我早早地卖了，要是放到现在，也就值普通餐馆里的一顿饭钱罢了。

钱凑齐了，我便急不可耐地再次踏进朵云轩，开了票据径直到收银台交了500元，那幅张石园的画就落入我的手里。这应该是我所拥有的第一幅画，也是第一次真正意义上的收藏。

不过事后令我懊恼的是，我不晓得在朵云轩画廊买画是可以打九折的。殊不知仅这折余下来的 50 元，对当时的我来说是多么重要啊！

离开朵云轩，我却没敢将张石园的画拿回家，而是事先想好了直接去邻近的同学家，把画藏在他家里。因为我了解父亲的脾气，特别是一旦知道了钱的来历，十有八九会勒令我把画退了，甚至在大发雷霆之后将我的心爱之物付之一炬，以示惩戒。

我用许多张报纸把这幅张石园的画包裹得严严实实，然后郑重地托付于同学，并在那位同学家里寻找着这幅画的安身之处。同学家的大床底下有个存放旧衣物的藤编老式大提箱，在确认这个箱子平时不太会打开的情况下，我才将张石园的画藏于箱内旧衣物之间，妥妥地合上箱子，放回原处，同时叮嘱同学务必保密。

安顿好了画，我内心的重负并未减少分毫。"若要人不知，除非己莫为"，我越来越预感到偷拿家里"巨款"的事迟早会被父母知晓，只是不知道这一天何时降临。我每天都在惶惶不可终日中度过，心里默默祈祷，总想着越晚被发现越好。其间，候到同学家没大人时，我也多次去探望"张石园"，期盼着这幅历尽艰辛而得到的心爱之物，一定会平平安安地回到自己的家，回到我的身旁。

可该来的总是会来，一日放学后，我刚走到家门外，就听得父母在里面争执。细听之下，原来他们争执的话题恰是好端端锁在大橱里的钱怎么会"不翼而飞"的。我心里明白，终于东窗事发了！是福不是祸，是祸躲不过，那就只能面对。注定要来的灾祸来早了，或许也并非什么坏事。

父亲见我走进家门，发现我怯生生的样子和心虚的眼神，似乎忽然确定了什么，他当即冲我咆哮道："跪下！"

我没有丝毫犹豫，边跪下，边寻思着父亲可能采取什么方式打我，会打我哪个部位；至于我该如何回应钱的去处，倒是我之前无数次思虑过的。可当我撒谎说是去文化宫的游戏机房打游戏花光了时——其实话未说完，父亲已一声怒吼，对我拳脚相加起来。尽管我退避与防御还算及时，但父亲几乎招招都狠准快，招招落在我的要害处，最终还是让我防不胜防，身上多处受伤。想象中，父亲肯定是将我当作无可救药的贼在整治了，不打死决不善罢甘休，而我就像真到了自己的"末日"，浑身上下在剧烈地疼痛。那一刻，房内的动静闹得山响，仿佛全世界都能听到。

关键时刻，母亲说话了："你就是打死他，钞票也回不来了！"

我一直非常敬重母亲，甚至认为她是世上最伟大的人。这不仅由于她给了我生命，她具有女性特有的善良和心怀母子间的骨肉之情，更重要的还在于她没有因为生气而丧失自己的理智和冷静，她意识到丈夫如此雨点般的没轻没重，其极端的后果将会是什么。

父亲仿佛也正等待着这句话，以使自己有合适的台阶下。他满脸的愤怒，是我一辈子难以忘怀的。

2009年，我的儿子诞生了，我对他疼爱有加。因为我年少时是在棍棒教育中长大的，自己的兴趣爱好处处被压制，所以等我稍长大一些，特别是每次遭受父亲的暴力时，我都会告诫自己，将来我有了子女，绝不能让他们再承受我这样的痛苦经历。

被父亲狠狠地打完之后，我反而踏实了。以早晚要承受的皮肉之苦，换取一颗终日悬着的心放下来，这不啻是做了一笔吃小亏赚大便宜的买卖。由此，我觉得"张石园"的画离平安回家的日子，应该不远了……

我蓦然趣问自己，假如当时我面对的是一幅更名贵的画作，需要偷家里更多的钱才能买到，那么，我是否会遭遇更惨的对持？细思极恐……

五、

劫财买画再进工读

买到第一幅画的满足感，很快被新的贪念赶跑了。从阅读过的《美术丛书》《二十四诗品》《艺苑掇英》等书籍中所获得的知识，让我越来越不满足于自己这辈子就得此一件佳作；　与此同时，理智再度让位于欲念，整日里想的都是怎样通过获取不义之财来满足自己。可现实是我还处于学生阶段，如此天天读书，是读不出钱来的。在这样的想法里度日，很快，初中一年级我又留级了，最终索性破罐破摔，"重操旧业"继续"拗分"，导致我在周边学校已经声名狼藉。于是没多久，又被抓了现行，扭送到派出所后再转送区公安分局，最后民警与父母交换了意见，决定继续按未成年人的处罚条例进行教育，就这样我再次被送入工读学校就读。是时距我上次离开工读学校刚满一年，想不到我这么快又回来了。

的确，由于屡屡得手，初中那一阵"拗分"的钱款，累计数额较大。其实当时我还险些被送去少年管教所，后由于母亲哭诉着为我求情，区公安分局的承办民警在处理我的案情时，兴许动了恻隐之心，当然那时很大的可能，是念及与我母亲同为潮汕人的分上，凭着那股浓浓的乡谊之情，我才免予刑事诉讼而侥幸躲过一劫。

青春不怕犯错，怕的是执迷不悟和没有勇气去改正错误。不过相比第一次进工读学校时的浑浑噩噩，这一回我在里面接受教育的最大收获，是给自己的人生划一道坎，彻悟了赚钱必须靠自己的智慧和劳动所得，不义之财切不可取。自那时起，我痛下决心要做一个遵纪守法的人，走正道，用实实在在的努力去翻开自己人生的新篇章。

每逢节假日学校放假，我仍不定期地去朵云轩。我发现原先摆放在三角柜里的那只百花不露底花瓶不见了。这之后，为充实自己的知识面，我常去附近的古籍书店浏览，特别是每次看到线装古籍书本，都会感到一种特殊的亲切，会联想起自己过去从废品回收站里抢救出来的"武功秘籍"。那些可都是让我获取知识的奠基石，有开雾睹天般神奇功效的书籍。

我也利用节假日回家的机会，到同学家把张石园的画取了回来，藏在自家的大橱顶上。每每父母不在的时候，我会将画展开，悬挂起来，然后细细观赏，一遍遍地品味蕴含其中的诗情画意，如痴如醉，百看不厌。

我的神思越来越游离于面前的课本，常常是人在课堂，心却飘向九霄云外，再要安静地读书是无论如何坚持不下去了。关键还在于工读学校这边不希望我再待下去，而原来的初中也已不适合我回去。于是我决定结束义务教育阶段的学习，去谋求报考旅游职业学校，那样经过短期学习和职业培训后，可以立马分配工作，立马赚钱，何况当时酒店服务业薪水还是很高的。我的决定得到了父母的勉强同意，或许在他们的思维中，一个看似没什么出息的孩子能想着自食其力，终究不是一件坏事。

就这样我顺利地考取了旅游职业学校。我在那里特别努力，认真完成了所有基础知识课程的学习和考试。我就像一朵快乐的云，似乎找到了属于自己的一片天空。我相信在现实和未来之间，正有一条洒着阳光的小路慢慢呈现，并且召唤我前行。

机缘来了，后来我被分配到一家四星级大饭店当实习生，而我的部分同学去了希尔顿酒店。同学们都知道我喜欢书画，所以在一次聚会时，有位在希尔顿酒店实习的同学告诉我，说我时常提及的朵云轩将在他工作的场所举办拍卖活动，但具体情况他并不清楚。我一听到"朵云轩"这三个字，立刻兴奋起来。我决定一探究竟。那是1993年6月，那年我20岁。

按照拍卖会的规定，所有拍品的介绍都会印刷在一本册子上，也叫"图录"。参加拍卖的买家事先都会仔细研究图录上的拍品，在拍卖会举行之前尽可能掌握每件拍品的身世、起拍价等重要信息。那时的我，却对此一窍不通。我并不是以买家的身份进入拍卖会现场，而是作为看客。当时这届拍卖会是要买门票的，就连图录都不是免费的，但这两项都因为有同学作为内应，加上我穿着自己大饭店的工作服，胸前别着工号牌，收门票的人一看这套行头，也就放行了。

进入拍卖的宴会厅区域，我从同学手中接过这次拍卖会的拍品图录，饶有兴趣地翻阅着。此刻我才知道，这是新中国诞生以来举行的首届拍卖会，竟被我机缘巧合地赶上了。

我在场子里转悠，见有人拿着话筒在现场录音，稍后才知道此人也是拍卖公司的员工，来此是为首届拍卖会做现场录音的。我和他闲聊了起来，没想到就是这次相互间无意中的攀谈，竟一谈谈到了今天，彼此成了在艺术品市场领域近 30 年的好友。

上海朵云轩第一届书画拍卖图录

我站在一个角落里，往拍卖现场望去。主席台上有个讲台，由拍卖师主持拍卖会。事后我才知道，那场拍卖会云集了当时许多书画艺术名家和知名的收藏者，但那时我对这些用现在的话所说的"大咖"还知之甚少。因为以往都是我独自研习中国书画艺术，故而难免显得孤陋寡闻。

拍卖现场人头攒动，气氛热烈。拍卖师宣布每件拍品的起叫价及最低增幅，竞买人以起叫价为起点，由低至高竞相应价，最后以最高竞价者三次报价后无人应价，则落槌成交。拍卖师往往会使每件拍品都达到预想不到的成交效果，有的甚至被认为是以当时的天价成交的。我在仔细观摩拍卖过程的同时，曾想象过如果现在将自己500元买来珍藏的张石园作品拿到现场来拍卖，或许已变成十几二十个500元了！一想到此，我忽然兴奋、喜悦起来，仿佛自己真成为万元户了。

这么幸福的事却不能与父母分享，这无论如何是一件非常遗憾的事。尤其是父亲，他才不管你500元增值了多少倍，而是可能会和你算最初的账。想起我刚上小学的那年，一次，祖母在五角场的地摊上买了件瓷塑的小马送我，买来时 1 角钱，但我感觉这件瓷马有瑕疵，就索性带去学校，后来竟然以 3 角的价钱转卖给了同学。我开心地将此事告诉了父母，不料父亲却强行带着我将钱还给了那位同学，还当着我的面，把刚要回来的瓷马摔个粉碎。我站在学校门口，感到非常迷茫，心里想着父亲为什么要不计成本地做出这样的事情。其实我们家本就不富裕，但父亲却认为我是在"投机倒把"且耽误了学业。撕碎、砸烂、毁坏……我自幼在类似可怖的场景中长大，这些场景根本谈不上教育，只能在我稚嫩的心灵里埋下叛逆的种子。

不多时，我在大饭店里当实习生的日子到期了，因为单位离家实在太远，我放弃了这家大饭店的正式合同，想去较近的酒店应聘。一封封求职信发出去，接着是遥遥无期的等待，时间都在这个过程中流逝了，于是就想到分两步走，一边继续耐心地找工作，一边设法寻觅能赚到钱的事情做起来。为了多攒些钱，可以尽快买到自己心仪的书画作品，我向邻居借来一辆黄鱼车，做起了贩卖水产的生意；接下来是每天凌晨三四点起床，踏着黄鱼车去军工路水产批发市场进梅子鱼，然后再匆匆赶到菜场附近，守株待兔式地等候顾客的光临。这样日复一日，那是需要凭毅力的。若是顺利的话，下午就能收摊，可一般总要守到傍晚，甚至晚上。把梅子鱼卖光，平均下来每天能赚 100 多元。

干什么都不容易啊！我唯有咬紧牙关坚持住，才能看到希望，看到用自己的辛勤劳作所创造的财富，同时想着就这样一点点地存钱，积少成多，总会有实现自己愿望的那一天。然而事与愿违，干了几个月，我几乎被累垮。身体上的疲劳还不是主因，关键在于我注意到随着岁月的不断变迁，那些画的售价已经不是原来的价格了。我竭尽全力想去赚钱，原以为赚到钱后就能买画，可结果自己赚钱的速度远远赶不上那些画的涨价速度。

为了摆脱泥里来水里去、满身腥味的尴尬与费劲，我决定另辟蹊径，寻找能够多攒些钱的出路。我用卖水产赚的钱考取了驾照，去强生出租汽车公司当了一名出租车驾驶员。由于我对道路交通不熟悉，开了几个月的出租汽车，收入反而比做水产生意时少，有时甚至入不敷出，但最终心中的理想还是战胜了现时的疲惫，我没有放弃，依然在马路上废寝忘食地奔忙着。如今想来，年轻时的那段经历，也真够拼命的。可年轻就是资本。

那是个下着大雨的夜晚，好像命运给我安排好的挫败又提前到来了。我在做完凌晨2点左右最后那单载客生意后，感到眼皮像灌了铅似的沉重。我关了空车灯，在沪闵高架上往着家的方向疾驰。因为对路况不熟悉，加之大雨滂沱，我在一个道口稍一犹豫，结果行驶到了导流线上。雨天路滑，导流线上宽大的白油漆标志线使得车辆瞬间打滑，随即失去控制，直接撞到了缓冲隔离墩上。我只觉得胸口重重地砸在了方向盘上，肺部的空气一下子被挤出，跟着呼吸好像也停止了。就在我两眼翻白，试图恢复呼吸的过程中，我眼前浮现出的却是8岁那年，一次次地向我迎面扑来的那些床单上印染的恐怖花朵。我晕了过去，醒来后又自己拨打了报警电话，接着被救护车送到市第六人民医院做抢救处理。所幸的是，最终并无大碍，但那辆出租车受损严重，我不得不把几个月来起早贪黑辛苦赚来的钱，全部用在赔偿出租车修理时的租赁费用上。

未承想我原本寄予了极大希望的出租汽车司机生涯，就这样戛然而止。

幸好与此同时，之前应聘的位于虹口体育场附近的一家涉外宾馆，给我发来了一份迟到的录取通知书。我再次回到酒店服务业的岗位，并且开始了随后在社会上近 10 年的自我磨砺。通过这近 10 年人与人的频繁往来和服务岗位上的反复历练，我阅人无数，增长了见识，同时也对提高我的情商和思维能力产生了很大的助推作用，帮助我在人生的旅途中平心静气，少走弯路，了悟自己真正应该追求的是什么。

那时的工作单位附近恰好有一家规模较大的新华书店，店堂内陈列着宋、元、明、清等诸多名家的传世书画集，着实让我目不暇接，好生欢喜，但这些经典画册都非常昂贵，实在不是我这样的工薪族所能买得起的。因此，每次去书店，我都会如饥似渴地认真翻阅，尽可能把书中的内容或要点强记在本不聪慧的脑子里，以便通过这样的免费学习，把买书的费用节省下来，充作将来有机会时的购画之资。至于非买不可的书，我多半前往附近多伦路上的旧书店，淘一些相对便宜的书刊。所谓淘书，其实贵在坚持和运气，只要肯花工夫，甚至有比直接购买新书更大的收获。不过每次去之前，我并不知道这一趟会得到什么，无功而返也是常事。

一天下班回家，我如往常一样信步走到多

伦路文化街。这天沿街的路面上多了个旧书地摊，我径直上前，蹲下，依照书名随手拿起来翻阅。无意间，一本精装 8 开的《博古斋藏楹联集》顿时吸引了我。随手打开该书，映入我眼帘的是一副看似苍劲且凝练的楹联书法，仔细一瞧，原来是晚清、民国时期的大书法家郑孝胥的作品。这使我霎时联想起时下还随处可见的银行招牌——"交通银行"这四个字，就是郑孝胥早年留下的墨宝。我不由得凝视起书上的这副七言联：醉里自成倚雪舞，梦中化作飞空仙。句子摘录得实在优雅，整幅书体呈现出一种清刚、遒劲、朴茂的风格，如此妙语衬托着具有特殊个性且冠绝古今的一手字，显得相得益彰，无不给人一种引人入胜、拍案叫绝的感受。

我赶紧再翻看其余页面，果然有李鸿章、左宗棠、邓石如、冯桂芬、包世臣等古代名人名家的书法作品，我当时就爱不释手，非常想买下这本书。这本《博古斋藏楹联集》出版于 1995 年，版权页上标明仅印了 1000 册，每册定价是 98 元。地摊主人给出的售价为 70 元，我有些犹豫，想到自己身上只有 70 元，如果将这 70 元买了书，自己就身无分文了。正当为难之际，幸好想起身上还藏着一张在公交公司工作的好邻居给的工作证，它可以助我在没钱乘车时仍能乘上车。我当即掏出钱来，捧着《博古斋藏楹联集》坐上了每天上下班必乘的 70 路公交车。我花了 70 元买书，坐的又是 70 路公交车回家，总觉得其中存在某种莫名且偶然的巧合。

书是买到了，钱也花掉了，事后想来还是觉得好贵。因为我买这本书，开始仅为了书中这副郑孝胥的楹联，至于其他内容，似乎又和自己关系不大。但既然花了大价钱，就须让这本书买得值当。由此我下决心要把这本书看出"本钱"，后来在研读这册书法集的时候，的

醉裏自成龍雪舞

夢中化作飛空仙

何蓮舫集東坡詩 孝胥

- 郑孝胥 （1860—1938）行书七言联
- 著录于《博古斋藏楹联集》，上海书画出版社1995年版
- 纸本 纵172cm 横45cm
- 钤印：郑氏孝胥、苏戡

确是花了赎回书本价格的心思，现在想来也是蛮可笑的，这份因为经济原因而导致的近似变态般的研究精神，往后可是再也没有了。我把《博古斋藏楹联集》的内容看得几乎烂熟于心，特别是书中这些古代书法家各自书写的深邃要领，我都慢慢地用自己理解的方式，进行总结后深深地印在了脑海中。

《博古斋藏楹联集》给我带来的最大影响是，我凭借书本里那些名人名家的生平介绍，首先认识了很多以前未知的大书法家，也知晓了他们的书法个性与各自笔法，这对我以后辨别他们的作品，起到了启蒙作用。同时，诵读那些引经据典的楹联集句，也实实在在地提高了我的文化修养，使我获益匪浅。

未承想我与这本书的缘分，竟然是从买到手的那一刻起才刚刚开始，因为对书中出现的书法作品特别留意，后来居然在各大艺术品拍卖会中，陆续收集到了书中许多名人的原作。

特别值得一提的是那副前面提及的郑孝胥的楹联，它于 2004 年首次在一场拍卖会上露面时，由于我事先未及时得到相关信息，结果与之痛失交臂。这样一直到 2015 年，我在另一场拍卖会上终于见到了原件。这次相遇，像是见到了多年未曾谋面的老友，我内心感慨万千。于是抱着非买到不可的心理，经过拍卖现场数轮的激烈竞争，我终于得偿所愿。

从 1996 年起，因为极度喜爱《博古斋藏楹联集》书中的书法名句，所以倾囊而出地购得，之后再历时近 20 年买到书中的原作，这中间真的有一种缘分。初见莫名，再见原是注定。

　　有意思的是，我买回那副郑孝胥的楹联不到一个月的时间，一位浙江的藏家便找上门来，商请我将这副楹联转卖给他，第一次出价便是80万元。能出到这个价格也是有缘由的，因为当时郑孝胥的书法作品已是如日中天，就拿在北京的一场拍卖会举例，郑孝胥仅书"德不孤"三个字的横批，便拍了235万元。浙江的藏家见我没反应，瞬时又把价格抬至100万元。此时我急忙制止，然后将我与这副楹联近20年的情缘如实相告。尽管最终没有成交，但我还是取得了对方的理解，而且因为这段插曲，之后我们成了莫逆之交。

六、

我尊敬的两位老者

　　我上小学的时候，隔壁换了邻居，搬来了沈伯伯一大家子。沈伯伯已从上海的一家中药店退休，新中国成立前原是个郎中，望闻问切，可以做到"病家不用开口，病情一清二楚"。当然，这些都是我后来才了解的。

　　有一天，我又挨父亲的揍，而且揍得很厉害。我号啕大哭的声音引来了敲门声，母亲去开门，见是新邻居沈伯伯和蔼地出现在门外，老人家是特意过来相劝的。我顿时感觉迎来了救星，从那以后我对沈伯伯有了特别的好感，一有空就会往沈伯伯家里去。由于沈伯伯曾当过郎中，除了医治病患，他的另一功力也体现在日常开药方时所书写的小楷笔力上，他是否临摹过什么书帖不得而知，反正我会经常拿着父亲布置

・石生金（1914-2009）楷书《一堂和气》
・纸本　纵41cm　横138cm
・钤印：八十后作、石生金印

的书法作业跑去讨教，一来二往，我们越聊越投机，彼此竟成了忘年交。

在我的记忆中，沈伯伯是从中国的民俗常识开始教我的，比如正月十五闹元宵，沈伯伯会扎一个兔子灯送给我；到了端午节，老人家便包上几只粽子与我分享。每年的立夏，沈伯伯还亲手给我制作一个套着熟鸡蛋的网兜，上面有一根红线，可以直接挂在我的脖子上。沈伯伯每次送我精美礼物时，总不忘给我讲述节气的由来，包括其中蕴含的典故。听着这些声情并茂的故事，我的童年多了别样的快乐，我也对二十四节气中的传统美食及节气中会使用到的物品，有了初步认识，及至后来在欣赏与中国书画相对应的时令节气的内容，辨明其寓意和确定绘画的时间上，都令我深受启发。从这个意义上说，沈伯伯不愧是我身边第一位介绍中国风俗的辅导老师。

随着南京路步行街建成，原来的朵云轩搬迁至步行街一侧。在朵云轩新设的宽阔店堂内，我照例会在悬挂的名人书画前驻足，期望能再像以前那样花 500 元买到自己心仪的书画作品。如今想来，类似的好事应该是时不再来。那时，我看中的每一幅书法作品的价格，按我的月收入，都是不可能买得起的，但我又十分喜欢，甚至还会再而三不定时地前往观赏。

一天，我照例去沈伯伯家，无意中瞧见桌上摆着一枚信封，是从沈伯伯的老家浙江慈溪寄来的。信封上的钢笔字苍劲有力，别具个性，我忍不住拿起来欣赏。于是沈伯伯告诉我，这字出自在老家和他一起长大的一位旧雨——石生金老先生之手。接着老人家向我回忆起了石爷爷的陈年往事：石爷爷年长沈伯伯几岁，自幼练习书法，临摹各种碑帖及各位大书法家的字帖，将每位大家的字体、运笔乃至书写习惯都琢磨透彻，模仿起他们的书法几近乱真。但他为人低调，不愿抛头露面，在家秉笔临帖，常废寝忘食。因他字写得好，名声在外，乡里要办什么事，无论大小，若遇写字，当非

- 石生金（1914-2009）楷书《赞关帝楹联》
- 纸本　纵163cm　横22cm
- 钤印：八十后作、石生金印

青燈觀青史仗青龍偃月隱微處不媿青天
歲次丁丑年　慈谿八一童石生金敬書

赤面秉赤心騎赤兔追風馳骤皆無忘赤帝

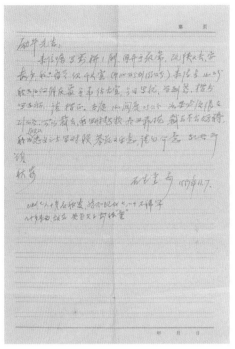

当年作者向石生金先生求书的往来通信原件

他莫属，且有求必应，来者不拒。

就是这样一席话，令我产生了想要沈伯伯帮我索求石爷爷书法作品的请求，沈伯伯当即应允。

到了休息日，我先去书画店选了一幅称心的书法，借用店内的纸笔记下了书写内容、具体字体及尺寸，回家后直奔沈伯伯家，让他按纸上所记内容，写信给慈溪的石生金爷爷，请石爷爷挥毫写上一幅赠我解解馋。沈伯伯马上给石爷爷写了信，并将我索求书法的字条一并放入信封。

那些日子里，我一直在内心热切地期盼着。几天后，我终于在大楼门口的公用信箱内，取出了一个大于常见的信件，信封上写着沈伯伯的大名，里面装着的应该就是石爷爷替我写的书法吧。等到沈伯伯撕开信封，果然取出了一幅横批。我接过来一看，与自己在书画店里看到的那幅别无二致，心下甚为喜欢。那时的我已经具备一定的鉴赏能力，至少能辨别出书法的优劣。石爷爷的书法的确写得上等，特别是他可以从我简单的文字记录中，将那件书法的精髓都临摹到位，且对其中每一个字起笔、行走、结束都做得恰到好处。

自那次以后，我非常期待能获得石爷爷的第二、第三幅书法作品……同样是去书画店里记下那些书法内容，同样是通过沈伯伯将纸条寄到慈溪；石爷爷收到信后，同样会在最短的时间内通过沈伯伯的"中转"，让我拿到石爷爷写的书法，或楹联，或条幅、匾额，我每次都兴奋不已。

因为有了沈伯伯、石爷爷，我度过了那个看得到却买不起的年代。

随着收到石爷爷书法作品的逐渐增多，我对书法的兴趣也日渐浓厚，有时遇到不明白的问题，我也很想请教沈伯伯和石爷爷。沈伯伯近在咫尺，方便；而石爷爷远在慈溪，沈伯伯就将石爷爷的住址告诉了我，让我有问题可以直接写信向石爷爷求教。之后的日子里，我向石爷爷询问了各种书体书写的结构与方法，其间持续了长达十余年的书信往来。通过这样的老少交流与探讨，我深刻地感悟到书法艺术应该是每一位中国书画艺术家及爱好者的修身之本，尤其在辨别或欣赏一幅传统书画作品时，其自身的艺术修养或造诣，将会起到基础而关键的作用。从那时起，我在书画上的研究重点逐渐偏向于书法了。

记得我从小就时常被信佛的母亲带去寺庙礼佛，母亲是想通过祈求菩萨显灵，让我可以认真读书。但菩萨可能早就知道，我不是个读好书的料，所以始终无法了却母亲的这个心愿。反倒是常在寺庙里的耳濡目染，无意中使我对佛教文化有了一定的认知。

大愿地藏王菩萨是佛教四大菩萨之一，与观自在菩萨、文殊菩萨、普贤菩萨一起，深受世人的顶礼膜拜。我对地藏王菩萨的崇仰，源于他那矢志不渝的发愿句："众生渡尽，方证菩提；地狱未空，誓不成佛。"我将这 16 个字工工整整地摘录下来，想请石爷爷写成楹联赠我。

这次石爷爷按我的要求，专门用颜体来书写这副楹联，字写得格外见功力，整体严谨端庄、大气自然。我装裱后做了镜框，悬挂于自己的房内，作为一种励志的提示，以激励自己做事的恒心。

我家附近有座寺庙，名曰"法善庵"，始建于清朝末年，距今已有 100 余年的历史。因为离家很近，我时不时地会随母亲去那里进香，久而久之，便与寺庙的主事有了接触，熟悉了起来。一次，主事和香客聊起他正筹划为在大雄宝殿供奉的地藏王菩萨加一副发誓愿的楹联，以示庄严。真是冥冥中有加持，谁让我有呢？想着本来作为鞭策自己学习决心的心爱之物，如今若能供奉在地藏王菩萨左右，也算是我的莫大荣幸。于是我决定将石爷爷书赠的地藏王菩萨发誓愿的楹联，善捐给法善庵。

按照与寺庙主事的约定，择了个吉日，我和母亲一起把楹联送到了法善庵。主事一看，那么工整，当即欢喜地留存下来，并由我亲自挂在佛像的左右。直到今天，这副楹联仍在向诸多礼佛的世人昭示着它的精深与宏愿。

石爷爷送给我的书法作品，我一直珍藏着；睹物思人，想念老人家的时候，我时常会拿出来瞻仰。年少时与石爷爷书信往来的那段往事，烙在了我的记忆深处，随时都可以浮现和触摸。2009 年秋，传来了石生金爷爷仙逝的消息，享年 95 岁。在这之前我还特意去慈溪拜访过他老人家，当时他还非常健康。突然传来的噩耗，令人悲伤，我只能在远处寄托自己的哀思和怀念……

几年前，隔壁的沈一峰伯伯也在 92 岁高龄时离开了我。

时至今日，只要想起这两位慈爱的老人，我依旧泪眼婆娑。他们都是我生命中的贵人，哪怕有一位就已足够，而我却不止一位，何其幸运。他们始终在我心里，活着！

七、

浅学经商之道

随着对书画艺术的了解有更高的追求，前往新华书店翻阅相关书籍几乎成了我的日常习惯，好像几天没去，生活中就少了些什么。在那里我可以发现自己的未知，进一步丰富和确认已知部分，并且不断地通过阅读与比较，慢慢形成自己的鉴别与收藏意识。可惜那时我仍处于囊中羞涩阶段，没法随心所欲地购入所有钟爱的书籍。因此大凡非买不可的书画书刊，我都会再三斟酌，小心翼翼，尽量使其物超所值。

在书海里徜徉的经历，使我意识到自己只能凭着所掌握的知识去面对艺术品，去面对每一次可能的机遇，而不是仅仅拿着钱去买。拍卖会上常看见一件作品会出现在诸多出版著录里，特别是艺术成就较高的作品，买家往往会为收入囊中而不惜付出高昂的代价。假如这件作品也是我心仪的，我只会将其作为参考。因为我相信世界之大，在历史的长河里留存下来比之更好的总会存在，只是自己没有用心去发现而已；一旦发现了，并且只用少量的资金去获得，相比那些捧着大把的钱争购别人公认的、有着累累著录出版过的作品，要更有成就感，而从中享受到的乐趣与幸福感，是无可比拟的。

我早些年收入的书画，虽说作者和作品的名声都不大，但东西必须是对的，而且那些作品在艺术或学术上都含有相应的价值；同时在敢买的过程中，同样增加了自己的鉴赏能力。随着阅历的不断丰富，我的眼界也随之开阔起来，自信心得到了有效提升。

然而那段时间，为了一件心仪已久的作品，我差不多要把身上的钱全部掏尽。为此，向亲友借钱，甚至饿肚子，几乎成了家常便饭。有时实在饿得慌，也偷偷拿母亲皮夹里的钞票，不敢多拿，今天拿一块，明天拿一块，再凑上我自己口袋里的五毛零钱，合起来隔天去吃一顿早餐；一早到面摊上，两块五毛买碗辣酱面，请摊主帮忙多下点面，填饱肚子。

比较典型的是有一次，我看到《新民晚报》上有一则消息，内容是豫园附近的一家画廊要举办一场书法家个人现场笔会，我就按照预定的时间和地址，前往这家沿街的画廊。画廊门口的一块小黑板上招贴着此位书法家的介绍：费声骞，沈尹默的入室弟子。沈尹默，我还是比较熟知的，他在书坛上的声誉、成就和造诣，不断地通过各种出版物在我眼前掠过、停顿，我也曾反复研读，早已如雷贯耳。

我走上楼去，见有人正围观着一个六十开外的老者挥毫泼墨，此人鼻梁上架着一副十分平常的眼镜，两道浓眉配合着手中的笔走龙舞蛇，微微颤抖，那神态特别吸引我……

此刻也是我生平第一次观摩书法家的现场写字，因此看得特别认真而仔细，心里还隐隐地有一种敬佩。面对书法家的起笔运笔，以及呈现在宣纸上的各式字体，我的思绪也随着书法家的行笔而行走，观察着哪些地方是学什么字帖，哪些地方是他自己发挥的。等他书写完了7幅书法作品，其实也就不大的工夫，而我却感觉像过去了好几个小时。书法家为自己写的作品盖完印，刚一离开，画廊老板就开始叫卖了。他伸出右手做了个"八"的手势，意思是每幅作品要价80元。刚刚还在一旁围观的那些看客顿时一哄而散，只剩下我一人，可我清楚此时自己的全部家当仅30元，却还是抱着试试看的心态，拿着30元钱递给了老板，同时说明我囊中羞涩，而不是故意还价的，恳请对方予以通融。画廊老板斜望着那些刚散去的人的背影，对我说道，既然喜欢，就拿件条幅吧。老板收了钱，从一堆作品中挑了一张四尺对开的条幅给我；因为墨迹尚未干透，他还特意帮我衬了一层厚厚的宣纸。

这样，我回家买车票的钱又没了，口袋里那张公交公司的工作证再次发挥了"至关重要"的作用。有了它，我想去上海的任何地方，都不会因为身上拮据而裹足不前。不过每次使用时，我总不免有些提心吊胆，怕被人看出破绽。现在想来，那种苛刻自己、存钱以买书画的日子，的确过得很艰难，即使那时艺术品市场尚未成形，价格低廉，却还是我难以企及的。

1998年，一个偶然的机会，我进入了南京西路南证大厦，在那里的一家酒店担任部门经理。工作之余，我在酒店附近发现了一个古玩市场，其全称为"南京路奇石古玩市场"。关键是这个市场里还有几家与书画相关的画廊，就好像是天意，为我安排好了一切。

每当酒店忙完午市，至晚餐开市之间有段空余时间，我就充分利用这个时段去古玩市场逛一逛。一次在里面闲逛着，忽见眼前有家画廊，一开间门面，十几个平方米大小，站在门口往里瞧，一眼就能看尽，可就在那堵不大的墙面上，我瞬时被一幅尺寸约45厘米见方、风格迥异的花鸟画所吸引，其绘画风格运用了中西结合的手法，一只白鹭姿态灵动地站在画中，依山傍水，眼中有湖，湖中有影，神采飞扬，给人一种耳目一新的感觉。

因为这幅画，我走进了这家画廊，经过年轻的画商介绍，才知道这是杨正新先生的作品。简单询价后，画商要价4000元。听到报价，我顿时有些凉凉，心想，就算我奉上一个月的工资，可买了画以后又得借钱度日。我不由得犹豫了，无奈地退出了画廊。

尽管未立刻下手，但之后每次中午去那个古玩市场，我都会下意识地经过那个画廊，看一看那幅画。这样一来二去，总感觉这幅画颇为耐看，与我有缘。

大凡人一旦有了执念，是否一定会付诸行动，我不是很清楚。反正有一天，我是下了决心，怀揣整整一个月辛苦所得的薪水，找到了画商。也正由于这次交易，之后我竟与这位画商结成了非常有渊源的同道者。在彼此长期的交流中，我发现他不仅对许多耳熟能详的当代艺术家非常了解，而且基本上做到了以目鉴来分辨真假。那么，他判断一幅书画的真假依据是什么？其中又有哪些奥秘？这些正是鉴赏乃至收藏书画的核心所在，也是我当时最欠缺的关键能力。就像踽踽独行于暗黑的漫长甬道中，前方忽然亮起了一盏灯，我为有如此好的向高人学习的机会而暗自欣喜。

要学习，就须花时间。每每工作午休时，去那家画廊成了我的一个固定节目。好在这位画商与我的年龄相仿，相互聊得也特别投机，可一谈到书画鉴定的心得和要领时，对方却有意无意地避开话题。我其实并不怪罪，那是人家谋生的本领，哪能轻易示人呢？于是我从与他的平常闲聊中，获得信息，并加以仔细揣摩，反复推敲，如此日积月累也算有些入门。

经过常年的接触，我还发现这家画廊不单是守株待兔式地开门迎客，其主人辐射出去的人际交往面也是相当宽泛的。画商和他的家人常参与一些拍卖活动，熟悉各拍卖公司的特点与套路，包括用什么方法买进字画，然后等待合适的时机再卖出。我本意是向他讨教艺术品鉴定的知识，可时间久了，最后学得最多的反而是怎么做艺术品生意的门道。这就应了一句俗话：近朱者赤。自打在这家画廊买入第一幅画，其后的近 20 年里，我又陆续在那家画廊购进了张桂铭、朱屺瞻、陆俨少、萧海春、王沂东等一批当代艺术名家的绘画作品，累计交易金额达上百万元之多。究其动因，很大部分是基于相互间的了解，然后产生了信任。在这些买入的作品中，有通过我的眼光决定的，也有这位画商鼎力推荐的，从而逐渐形成了自己特有的审美观和价值观。

2002年，这家画廊乔迁新址，我还以公司的名义奉上花篮，以示庆贺。

当我对当代艺术家的作品有了较为系统的了解后，总觉得其中少了些时代的沉淀感。这些作品固然有自己的呈现和市场，但比较下来，我的内心还是对古代书画情有独钟。当然，完成这个转折需要冥冥中的一个契机。这个契机来自一位在商场上小有成就的多年老友，他乔迁新居，邀请我去热闹一番。按约定的日子，我带着礼物驱车前往，朋友下楼热忱相迎。当我打开车的后备厢，拿出备好的贺礼时，朋友突然很是惊喜，如同这件礼物送到了他的心坎上。原来，除了我手上的礼物，朋友同时看见了后备厢里一幅带镜框的画。朋友告诉我，他的新居内装饰着一个壁炉，壁炉上方总显得空荡荡的，而我这幅画的颜色和尺寸，好像非常适合挂在他家的壁炉上。

我连忙解释，这幅画我是自己收藏的，等一下会去重新配镜面。

我刚想关上轿车的后备厢，倒是朋友急了，连声喊：慢！老兄啊，你看这样吧，这幅画算临时借一借，拿到我家里挂一挂、看一看，让我拍张照片。朋友对这幅画的喜欢已明显超乎寻常，仿佛有横刀夺爱之意。他甚至亲自拿着画，引我朝自己的新居走去。

进了房间，我果然瞧见壁炉上方的背景色，也发觉如果用这幅画去补壁，确有珠联璧合之美。

朋友迫不及待地将画摆在壁炉上方，然后自言自语地感叹道："太相衬了，好像是为我订制的一样。"

朋友倚着壁炉，那样子像是在竭力护着这幅画，同时和我进行了沟通，了解我收藏名家书画的爱好和经历。

通过聊天，朋友变得越发不可收拾，非要我把这幅画转让给他，多少钱都可以商量，还说很想第二天就去我家看看其余收藏。碍于情面，或者说实在是被他绕得没了办法，关键的是朋友给了一个让我无法拒绝的报价，最后我只得妥协，忍痛割爱。

就在那天，我这位朋友以这样的方式，买走了我人生中第一幅"斥巨资"购进的画；换言之，这也是我卖出的第一幅画。

翌日，朋友如约而至，目光紧盯着悬挂于我家中的诸多当代名家的书画藏品，仔细倾听我对这些藏品的简单介绍。本以为这只是一次礼节性的回访，未承想朋友却有备而来，没等我讲完，他豪气地说："这里的每幅作品我都喜欢，请务必一次性转让给我！"接着又给出了一个让我无法抗拒的价格。

事实上，这位朋友对艺术品需求的初衷，仅是给他的新居补壁之用。可就是因为转让了那幅当初从画商那里 4000 元购买的画，致使我当时收藏的大部分当代新画作被他"扫荡"一空，这实在是我未预料到的。当然，其中的交易过程，朋友是基于我一向处事严谨和一丝不苟所产生的信赖感，才那么爽快地确认他所面对的这些画作都是真迹无疑。

事后我有过反思，这几年我把挺不容易的收入投到了书画收藏中，没想到其获利远超存银行，也远超投资证券市场。假如当初是买股票，真要获得几十、上百倍的收益，可能性也是非常之小；反倒因为个人的兴趣爱好，我竟然做到了。这不能不说是一个奇迹！我现在有了更多的资金，就可以买自己钟爱的古代名人书画，以画养画的念头就此在脑海中初现。

到了 2003 年，我已经成为酒店业中的高级管理人员，相较以前的职位，我面对的机会就多了。在一次同行开业的酒会上，我遇见了一位经营户外广告的商人，在他的引领下，我涉足户外广告行业。从此我辞别酒店高管的工作，走上了经商的道路。

户外广告，必须自己先投入资金承包位置绝佳的广告位，然后若有企业承租你的广告位，那么其转租所承担的费用在当时都是"天文数字"。同样，户外广告的风险也是显见的：假如你的广告位租不出去，之前预付的几十万元租赁费用就会化为乌有。

幸运的是，我抓住了当时户外广告经营的一段尾声，生意做得还比较顺利。仅仅一年，我就赚到了人生中真正的第一桶金。不过几年之后，由于城市的户外广告受灯光管控及灯光污染的影响，经营难度急剧增加，及时收手成了最好的选择。

2003 年适逢我三十而立，为了方便跑生意，我买了台自己喜欢的车。车是买了，之后也换过更好的。在旧车换新车的过程中，我感悟到即便是刚买的新车，只要轮子一转动，就开始折旧了；而假如买对一件艺术品，随着岁月的流逝，其价值多半会与日俱增。从此，我对衣食住行不那么讲究了，得到一件耐人寻味的艺术品，越发成了我日常生活中的主要追求，那种获得后的喜悦感和满足感，绝非一辆新车可以比拟的。

随着儿时在废品回收站找来的书籍和之后日积月累的购书，家中不觉已经累篋盈橱了，闲暇时，我便沉浸在各种书籍的阅读中，从中掌握到的书法知识、绘画理论如同我另外一所学校，为日后专注于历代名人的书画作品做了充分准备。再经过多年在书画市场上的磨炼，从自己的实际情况出发，我恪守不买贵的、只买对的和尽可能彰显文化底蕴及价值的信条。我认为审美决定品质，有什么样文化修养的人，就会倾向于买什么样的作品。

我最终沉溺于对古代书画的喜好与研究，肯定和最初那些拣来的书籍有关。例如从《八贤手札》中，我了解了古代臣僚的书法，像曾国藩、胡林翼、左宗棠，以及创建湘军水师、被誉为"中国近代海军的创始人"的彭玉麟和李鸿章等，这些都曾是清王朝时期举足轻重的人物，且个个书法华丽，只不过岁月将他们埋没了，或者说后人更注重他们理政、治军的能力。故而早期的书画市场上，这些名臣的遗墨大都少人关注，难得有一幅好作品面市，或楹联或条幅，常常被多次买进卖出地折腾，都怕砸在自己手上，卖来卖去也就七八千，顶多两三万元而已，买贵了说不定还会遭人耻笑。

须知在旧王朝漫长的科举岁月中，古人要走上仕途，前提是要通过考试，而考官先看到的是应考者的试卷，其中呈现一手好字显得尤为重要；如果连字都写不好，可能被直接淘汰的比比皆是。例如明代书画大师董其昌就遭遇过如此尴尬的境遇。因此能晋升高官，并在中国历史上留下浓墨重彩一笔的人，他们的字肯定各有特点。只不过随着时代的变更，从国人普遍用毛笔书写母语，到后来用钢笔、铅笔、圆珠笔，再到现如今甚至都不需要笔墨，导致我们对传统书法的重视已一代不如一代。很多古代名人的作品，我们往往是借助影视剧的推动才知晓，而并非通过真正意义上习字或研读历史而了解的。

我想我的经历应该是很独特的，与那本民国影印版的《八贤手札》不期而遇，居然是年少时在废品回收站里完成的；让那些晚清"中兴名臣"的传记轶事和他们在不同时期所写的书体，都深深地印刻在我的脑海里，甚至那时期谁为谁代笔的作品都能分辨清楚。这也无意间使我在之后的书画拍卖市场上，只要看到他们的书法作品，就可以马上厘清真伪，并且对自己过目或经手的作品越发有了心得。其中最有意思的是我买到第一副左宗棠的楹联，还是因为一直不愿接一个从苏州打来的陌生电话而差点误了事。

八、

敢于实践

　　"大清三杰"中，除了被后世誉为圣人的曾国藩，另两位则是中国近现代的民族英雄，一位是平定阿古柏、收复新疆的左宗棠，另一位是抗击法国入侵者的彭玉麟。

　　国人历来因人而重其书。自晚清民初以来，那些先贤名臣的书法一直备受世人推崇，而最初在他们之中，最吸引我目光的就是左宗棠的书法。左宗棠脾性耿直，倔强倨傲，笔法亦如"董宣强项"，以篆书为最，行书则取颜真卿的丰满浑厚与柳公权的瘦硬遒媚，劲中见厚，气势开阔。他的书法个性极强，自成面目，肃然中凸显浩然正气。因而我一直想拥有一件左宗棠的书法作品，但在当时的书画市场上有一个特别的现象，就是当代知名的一些大家，他们的作品大都卖得贵于"清初六家"，那就更别提其他古代名家的存世之作了。我甚至还被当时的市场环境困扰过，以为晚清"中兴名臣"的书法作品真的摆不上台面。

一次，我在一场拍卖会上结识了一位苏州文物商店的职工，以往的社会风气就是带着中华牌香烟好办事，我也不例外。我包里总是备着上等名烟，遇事便拿出来派发，社会交往的面也就广了。那位苏州文物商店的职工即是被我频频递过去的中华牌香烟拉近了关系，并在相互聊天的过程中，我透露出自己很想要一幅左宗棠的书法作品的愿望，目的是让对方留意着，若有这方面信息，务必马上通知我。

不久后的一天上午，我的手机铃声骤然响起，来电显示是个陌生的外地号码，于是我接听了起来。可能是我的位置恰巧处于信号较弱的区域，声音飘飘忽忽听不清对方在说些什么，只能随即挂断。可不一会儿，手机铃声再次响起，还是先前的那个外地号码，同样模模糊糊不知所云，我就以为是个骚扰电话，便再次挂断。之后的整个上午，这个号码又陆续拨过来七八次，由于那时用手机接听外地来电也是要收费的，而且算作长途通话，费用不低。因此为了省钱，我就不再接听这个号码了。

直到下午，这个外地号码再次显示在我的手机上，我心想，同一个号码打来这么多次，对方会是谁呢？就算是骚扰电话，也应该不会如此执着吧。我有些不耐烦地摁下接听键，没想到刚接通电话，立即听到电话那头一连串的埋怨，原来对方是我曾托付过的苏州文物商店的朋友，他说关于左宗棠的书法作品有眉目了。

通话中，我了解到苏州文物商店过些日子要将库存中的一部分书画作品拿出来参加拍卖，其中就有一副左宗棠的楹联。那时传输照片

钧河搞落为教者崇

奉题承构垂后不朽

春山军门大人属

左宗棠

左宗棠（1812-1885），字季高，一字朴存，号老亮、今亮、湘上农人。湖南湘阴人，晚清重臣，军事家、政治家、书法家，湘军著名将领，洋务派代表人物之一，与曾国藩、彭玉麟、李鸿章并称"晚清中兴四大名臣"。

左宗棠于 1851 年先后入湖南巡抚张亮基、骆秉章幕府，平定了太平天国运动。1866 年，他在福州创办马尾船厂，1867 年，授钦差大臣督办陕甘军务，平定捻军；1875 年，奉命以钦差大臣督办新疆军务，镇压阿古柏、白彦虎，收复新疆。左宗棠历任闽浙总督、陕甘总督、两江总督，官至东阁大学士、军机大臣，封二等恪靖侯。光绪十一年（1885），他在福州病逝，追赠太傅，谥号"文襄"，入祀昭忠祠、贤良祠。左宗棠著有《楚军营制》《朴存阁农书》等，其奏稿、文牍等辑为《左文襄公全集》，后人又辑有《左宗棠全集》。

- 左宗棠行书八言联
- 云龙纹笺纸　纵164.5cm　横33cm
- 钤印：大学士章、青宫太保恪靖侯

只有通过邮箱，操作相比现在复杂多了，所以我只能根据对方描述的楹联尺寸、用纸和楹联上的具体内容等信息来加以判断。我们再次约定，一旦有了确切的拍卖时间和地点，我将立即前往。

等挂断电话，我内心仍抑制不住激动，仿佛那副楹联已稳稳地属于我了。日子一天天地过去，我时而莫名地兴奋，时而毫无来由地担忧，就怕其间出什么意外，搅了我的好梦。

终于等到拍卖的那一天，我早早驱车赶到拍卖现场，一见到文物商店的那位朋友，感觉就像见到了久别的亲人。我急切地请他引我到摆放左宗棠楹联的位置，终于看到了那幅朝思暮想的作品，果然如朋友事先介绍的那样似游云惊龙、胡肥钟瘦、鸾跂鸿惊。纸质是晚清时期印刷工艺所采用的一种笺纸，楹联的纸面上印的是"团龙如意云纹"，稍有些污渍，天杆处可见残破，有用胶水纸粘贴的痕迹，想必一般人即使撞见了也不一定感兴趣。

我最终以高于当时市场数倍的价格将其收入囊中，心里的喜悦难以言喻，像是在梦境中一般，就想着赶紧携带左宗棠的楹联回到上海。

后来我去上海图书馆专门查证这副楹联的上款人春山军门。我明白古玩的出处很重要，如果是来源清晰的老物件，再加上它曾经的主人身份和社会地位，定会赋予它传奇的色彩，那么它的未来肯定会不一样。经过一番周折，得知晚清时期有一位新疆巡抚，姓饶，名应祺，字春山，与左宗棠颇有渊源。饶应祺是左宗棠在担任陕甘总督时提拔起来的官员，他原是左宗棠的一名幕僚，因为非常敬仰左宗棠，就立了一个誓，一定要让自己的子嗣与左宗棠的后代结为连理，最终他将自己的女儿嫁给了左宗棠的孙子，完成了平生的夙愿。

这副楹联经我仔细托付重新装裱，一直静静地悬挂在我的书房里，

左宗棠行书《读书延年之室》匾额（作者家中一隅）

直到 13 年后才与我依依惜别。

自从得到左宗棠的这件书法作品后，我就更专注于收藏晚清"中兴名臣"遗留下来的作品。由于特殊的社会环境，早些年市场上的伪作相对较少，但旧仿还是有的。

我那时就遇见过这样一件事情。一次与朋友赴澳门旅行，在机场候机大厅的座位上发现一本被人遗弃的拍卖图录，闲来无事的我就随手拿起来翻阅，书中最耀眼的偏偏就是由左宗棠书写的大幅横批"读书延年之室"，笔力雄健，风格豪迈。因是印刷文本上所见，故不敢轻易确定是否真迹。细看下去，原来四天后将有一场拍卖会在美国旧金山举行，这本图录就是为此而准备的。看来自己是没可能去美国一睹原

印释：御赐旅常懋绩　　　　印释：大学士章　　　　印释：青宫太保恪靖候

作的风采了。正当遗憾之际，我忽然想起一位旅居纽约的老友，便马上试着拨通对方的电话，说明了原委。没想到这位许久未见的老友当即应允，愿意为我飞一趟，来回需要近 11 个小时的行程，这让我感动万分。

　　拍卖会当天，拍卖公司尚未开门，老友已早早地等候在那里了。不久他传来了左宗棠横批书法的现场高清照片。经过仔细分析，我确定不是旧仿。这件书法如其人沉着激迈，瘦劲的笔致、清峭的结字和疏朗的布局，加上典雅的造句，透露出一种踌躇满志的盛气；引首和落款处还盖有三方硕大的印章，印文也体现了晚清时期官吏用印的特殊风格，印泥处略有渗油，虽不算好，但恰恰符合左宗棠为官清廉的作风。历经百余年，其印泥在纸上所呈现出的色泽沉重和立体感，是作伪者无法企及的。

在准备充分的前提下，凭借老友的帮助，通过电话进行激烈的现场竞买，拍卖官的成交落槌终于为我敲响。

经过多年艺术品拍卖市场上的滚打，我总结出收藏须具备的"四个要素"，即财力、鉴赏力、胆识和运气。财力固然重要，而鉴赏力就是文史知识和审美阅历的积累，定要做到应目会心，胆识就是理论与实践相结合。不过越到后来，我越发现，在已经掌握了一些力所能及的领域后，运气就好像是一种灵异，有时也显得尤为重要。

自户外广告生意结束后，为继续保证收藏所需的资金来源，我开始将手中的资金分批投入证券市场。因为之前我有过涉足该领域的基础和经验，也结识了不少专业人士，再通过多年的虚心求教，我渐渐摸索出了一条属于自己的操盘思路，渐渐在证券市场上变得得心应手、游刃有余，不仅成功躲过了 2007 年至 2009 年的全球金融危机，还在其间获利丰厚。因此，每逢春秋两季的大型拍卖会，凡遇到心仪之物，我都会毫不犹豫地将股市的盈利资金用于艺术品的购藏，并成为自己资本运作的一个固定模式。

然而幸运不会总在我这一边，2015 年的股灾我就没能躲过去。是时的股市已出现系统性风险，我却仍听信某大报所发表的针对股市的积极预判，以为下跌是暂时的，风雨的尽头一定会见到彩虹。我在股票被深套、又无力补仓的情况下，只得冒险向券商融资，以求降低成本，期盼在股指反弹时可以快速抽身离场。但这样的情况并未发生，甚至越到后来，越看不到希望。随着股市的继续暴跌，我每天醒来便是一场噩梦。我唯一能做的就是壮士断臂，不管什么股价统统斩仓出局，否则所有的来之不易都将化为乌有。

事后了解到我的几位证券市场上的朋友，他们才叫惨不忍睹，有的把父母的房子卖了去还融资贷款，有的倾家荡产，以至于精神上遭受重创之后住进了医院。尽管我也是那场股灾的受害者，损失巨大，几乎把自己账面上辛苦积攒的数百万资金输得荡然无存，但我又是一个幸存者，因为我有喜欢和积累那么多年的艺术收藏品，它们成了我渡过艰难时刻的唯一支柱，给予我不被真正击垮的强大力量。我的资金是归零了，精神却仍富有。我不会放弃艺术收藏这一爱好。

困难的时候，贤妻取来她父母的退休工资卡助我们度日，而岳父母为了让我继续买书画，还出面向亲朋好友举债。日子过得颇为灰暗，有时伤心欲绝。我慢慢地熬，希望用韧性去对抗挫败，帮助自己走出低谷。

令家人宽慰的是，我凭借岳父母借来的钱买下的四幅绘画作品，居然在 2016 年 8 月全部被收录到由卢甫圣先生主编、被称作中国绘画出版史上具有里程碑意义的《海派绘画大系》内。《海派绘画大系》共分 9 卷 24 册，全书根据海派绘画的发展脉络，系统性地将海派绘画分为海纳百川、豫园风情、城市山林、金石意趣、风云际会、走向社会、变革时代、继往开来 8 个部分，时间跨度从 19 世纪初到 21 世纪，共收录 866 位画家的 3090 件作品，所列海派画家小传 1660 人，同时还对他们的生平里籍逐一进行了记录，极富考据和珍藏价值。

这位被称为通才的卢甫圣先生，其著作等身，在当代艺术领域占据着举足轻重的地位。主编这套鸿篇巨制时，卢甫圣先生用自己专业的眼光，严格把控每一位入选画家及其作品，一切以艺术成就和绘画质量作为评判标准。

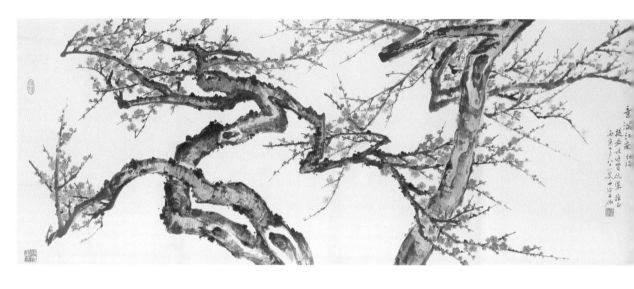

事实上，我与卢甫圣先生并不相识，我为《海派绘画大系》所提供的四幅绘画作品全都入选，实在是我始料未及的。这证明我多年来独自在书画领域孜孜不倦地学习，在此通过了一次考试，取得了近乎满分的成绩；也着实让我有了一些成就感，我的热爱与付出没有白费。

2019 年夏天的一个中午，窗外断断续续的蝉鸣声很是响亮，让我本就不安的心情更增添了烦躁。正当这时，有位藏友前来做客，敲响了我的家门。这位藏友是一家拍卖公司的主要负责人，我和他虽交往已久，但他亲临我家还是第一次。他未及落座，眼光就牢牢盯在书房内悬挂着的左宗棠横批上。过了片刻，他开始赞叹不已，认为这是左宗棠的所有拍品中最为经典的一幅书法作品。我也如实相告，这是自己多年来的重要收藏。可万万没想到，我话音刚落，这位藏友即表示愿以 150 万元来购买这件藏品。

类似好意若放在以往，我肯定会面带笑容地婉言谢绝，但眼下的情况已大不同，我想到了为我买画而四处筹款的家人，想到了岳父母的退休工资卡，我如果再守着这件宝物，岂非过于自私、对不起家人！

申石伽（1906-2000），别署西泠石伽，室名"六步诗楼"，浙江杭州人，出身于书画世家。他早年潜心研习清初"四王"，1925年与康云、胡亚光等组织西泠书画社；1929年加入中国美术会，与叶浅予组织中国美术会第一届杭州画展。申石伽擅山水、墨竹，所作山水多为云雾变幻景象，颇得渲染润泽之意趣；所作墨竹疏朗秀逸，表现出风、雨、晴、雪多种情态，尤以风竹摇曳多姿为佳。曾为上海美协会员、上海市文史馆馆员、浙江文史研究馆名誉馆员。

- 申石伽《争奇斗艳》
- 纸本 纵72cm 横182.2cm
- 著录于《海派绘画大系》，上海书画出版社2016年版
- 钤印：西泠石伽八十后作、美意延年、福寿书生

　　权衡再三，我无奈地依照藏友的出价，出让了这幅左宗棠经典之作。

　　自此仰事俯畜，一切就都解决了。都说书画能救命，这话一点不假。尽管证券市场出入便捷，乌鸡变成凤凰的事时有耳闻，可它毕竟是金融博弈的一种工具，有套利功能，却少有收藏价值，还可能让满眼金屋碎成一地败瓦。相反，在家业兴旺时购藏文物或艺术品，往往会在困难之际挽救自己或家庭于既倒。这样的故事以往在一些日本财团兴衰史中已有所耳闻，这次却实实在在地发生在了我的身上。

　　那些年步履艰难的经历，给我最大的启发是一个普通收藏人的背后，一定要有家庭的支持，要让支持你的家庭明白你是在做一件有意义的事，否则可能给家庭或后代带来说不清、道不明的遗憾，那就无幸福感可言了。

　　成婚后，可能是因为我所追求的执念反复遭遇坎坷，感动了天地，继而特意安排岳父岳母来到我的生活中，补遗了我那个童年所缺憾的"金色"。

九、

养兰之心传导于收藏

我儿时爱往住家附近的花鸟市场里跑，从喜欢看斗蟋蟀，到研究一本名为《促织经》的书籍，再到自己捕捉精养蟋蟀去同他人角逐，都屡尝胜绩。这样的过程也让我隐约感觉到自己有学一样、会一样、精一样的能力。那些对花鸟鱼虫的广泛爱好，虽是在父亲阻挠的情况下得以进行，可在我记忆深处，却埋下了丝丝抹不去的情怀。这丝丝情怀待我成年后，又被逐一拾起，并得以达到幼时未曾获得过的圆满。

生逢自由的天地中，我开始有针对性地选择种植和研究中国兰花，知道了兰花的栽培在中国已有千年以上的悠久历史。《越绝书》记载春秋战国时期，越王勾践种兰于渚山。这是史上关于兰花种植的最早记载。其后的 2000 多年间，兰花从山野开到宫廷，又从士大夫的庭园流传到寻常人家。文人墨客常借兰抒情，托兰言志。兰花是中国十大名花之一，史称"岁寒三友"的松有叶而吝香，竹有节而吝花，梅有花而吝叶，唯兰独兼有之。它不仅有外在的形态美、色泽美、芳香美，更让人在欣赏其外在美的同时，感悟到它的风采美、气质美、品性美、内涵美和神韵美。因此，中国兰有天然的、生命的、艺术的美，自古被人们视为高洁、典雅、爱国和坚贞不屈的象征。至圣先师孔子有曰：芝兰生幽谷，不以无人而不芳；君子修道立德，不为穷困而改节。他曾将兰花誉为"王者之香"，足可见其在中国文化史上所占有的地位。

兰花以乐于奉献和谦谦君子的美好形象深

深地吸引着我。2013 年时，我奔赴中国兰花的溯源地绍兴，陆续引入关顶、程梅、雪莲素、俞氏素荷等 50 余名贵品种到家里来尝试栽培。通过有关记载，我找到了一代"兰王"沈渊如先生的著作，以及日本国小原荣次郎先生于 1937 年出版的《兰花谱》。《兰花谱》中有一难得之处，就是书中还附有诸多名兰与典雅古盆相搭配的种植图片，从而给我在养兰时追慕古风、再造古人养兰的优雅境界提供了宝贵线索。正是有了《兰花谱》，中国的爱兰者可以按图索骥地到民间寻访，或者向仍保存着这些传统名种的日本兰家去引进。由于小原荣次郎先生留下了这部传世名作，客观上使他成为保护中国兰花文化的一位功臣。

也是在 2013 年，我对一株传承脉络清晰、堪称兰中绝品的"春兰皇后·绿云"倾慕不已，但当时它已非常萎弱，致使我有些举棋不定，担心花了许多钱之后又种植不当，最后时间和金钱都会付诸东流。正在我不知所措之时，贤妻居然主动拿出近万元，为我买下了这株只有三个小叶片的兰花草，交到了我的手上，同时神态中流露出坚定与信任。这让我着实铭感五内，暗自下决心一定要栽培好这株种植难度非常大的名贵兰花。

但要让这株仅几厘米长的兰花弱苗茁壮成长，并非易事。"绿云"的生长规律是成活了后一苗，之前成活的那一苗就会倒下，似乎始终在周而复始般地吐故纳新。想要这株兰草后发出来的苗不倒，需要花不少心思，比如用什么水来浇灌，怎样施肥、遮阳等。我靠自己不断摸索，终于找到了一套养护兰花的方法。在年复一年的细心呵护下，我竟然使这株原本奄奄一息的兰草慢慢地成长了起来。5 年后的 2018年，我将这株"春兰皇后"送到全国性的兰花展览会上展出，最终获

2019年，作者荣获全国兰花竞赛铜奖

作者家中养兰一隅

得了铜奖。

评审过程中，评委称赞我培育的"绿云"叶面既宽且壮，整体兰草的长度超乎他们的想象。据现场专家所云，种植出如此壮硕的"绿云"，完全符合以往古籍书本上的相关记载。更奇妙的是，这株"绿云"竟然盛开了并蒂花，显得分外娇美。这一葶双花，好像是在回报我多年来的辛勤付出。

中国兰花之所以娇贵，在于它对环境的要求较苛刻，温度过高或过低、养分不足和肥度过浓，都可能出现不同程度的损伤，甚至稍有不慎还会导致整株枯萎。因此，从古至今人们都把种植好兰花视作难事。然而逐物实难，凭性良易。于我而言，寻觅兰花良种也是一种追求与收藏，而精心培植的过程更是对个人性情的一种修炼。人说功夫在诗外，人生的诗篇又何尝不是如此！

转眼养兰已 10 年，皆因拜读小原荣次郎著作《兰花谱》而起，其间多得知识乐趣，并小有成就，同时也彻悟了"业精于勤而荒于嬉"的道理。然而因耗费时间、精力、体力巨大，有时甚至还拖累了正业，复又用银无度，纵有千种风情，亦欲道别……

我收藏名人字画，最初出于喜好，仰慕众多文人墨客的高深绝技；中间也在不得已的情况下，有少量藏品变成了投资与回报的关系；不过最终，我还是走在了用收藏来提高自身学养与境界的正道上。我不反感别人将买卖名人字画视为谋利的途径。人各有志，也各有所图。至少时至今日，我要求自己秉持收藏的初心，在持续丰富藏品的同时，不断学习和研究各类书画，拓展知识面，熟练驾驭具体作品的真伪与特点，并从中得到身心的愉悦。

我在陌生的环境中一般会保持沉默，这往往被人误以为一窍不通或不善言辞，但若对方是熟识的朋友，我又愿意言无不尽，分享自己的观点。记得一位朋友买了别墅，装修是按苏式园林风格设计的，内置的陈设及家具呈明清格调，但后来我看到其正堂悬挂的楹联却是一位现代书画家所写，与主人的整体家居并不匹配。于是我取欧阳询、颜真卿、柳公权、赵孟頫"楷书四大家"的艺术造诣为例，粗略讲述了书法的演变，直到现当代，我们的书法水平仍无人能超越他们。假如赵孟頫算是一代，他儿子赵雍的书法就退步了；再到赵雍的子嗣那里，写的字连他们的父辈都比不上，这就叫"一代不如一代"。这样的说法尽管不是绝对的，可一代不如一代的事实确实存在。我建议朋友不妨换作历代状元或受过册封的大学士的作品，如此悬于正堂，既可彰显室内环境的艺术气息和主人的文化品位，又能借此引导家中后辈努力读书、奋发向上，乃一举两得。

朋友欣然采纳了我的建议，又请我通过拍卖选择了一副晚清重臣文华殿大学士李鸿章的书法楹联，买到后经过重新装裱置于正堂，果然使整个厅堂相得益彰，熠熠生辉。后来朋友也由此对中国传统文化产生了浓厚兴趣，走上了收藏古代名人书画之路。

　　正如当初我建议的那样，其实最基本的道理在于知道什么样的环境应该挂什么样的作品才对。中国式的家居环境，特别是文人的书房，悬挂的书画一般都特别有讲究。譬如找到一件自己所崇仰的古代名人书画作品陈设于房内，可以闲时在家静静欣赏，起到与古人在艺术上进行心灵沟通的作用。从最初对一件作品的了解，到对作者朋友圈的广泛认知，再从他的友人处获悉更多古代名士的信息，真正做到了读古人、知古人，从而更全面而深入地了解相关历史人文知识与脉络，同时有效提高自己的综合学养。

　　还有些朋友，或者是朋友的朋友，他们通过各种途径买到了书画作品，请我一起去欣赏交流。我就遇到过某位好友陆陆续续买的几百幅近现代的书画，让我提出看法，我往往会给出的建议是："要买历代大学士，别买什么也不是，要买宫保，不要买低保。"

　　"大学士"一职，始设于唐代中宗时期，主要协助皇帝批阅奏章、起草诏书，一直延续到清代，逐渐形成三殿三阁大学士制度，分别为"保和殿、文华殿、武英殿、文渊阁、东阁、体仁阁"，成为"三殿三阁"对称格局的大学士。

　　古代选拔大学士会有严格的考核制度和完备的晋升通道，只有勤勉为官、政绩突出的人才，才可能成为当朝一品大学士。历朝历代的大学士地位尊崇，颇受朝廷的重视，因此在当时能够成为大学士的都是些学识渊博的佼佼者，甚至不乏历史上登峰造极的人物。而古代社会地位相对较高的人物故去后，往往会得到朝廷追赠的"谥号"，以彰显恩荣。

谥号可以用来高度概括一个历史人物的生平，是对历史人物的盖棺定论。谥号往往以"文正"为最高美谥，整个清代历经268年，也只有8人被赐予"文正"的谥号。其中最为出名的当数晚清名臣曾国藩，因他所立下的盖世功勋，身后才被朝廷赐谥"文正"。相比绝大多数现当代名家的书画作品，我认为对上述古代历史人物传世之作的收藏，会更值得玩味与获益。

1997年北京的一场拍卖，我有幸见到一件晚明重臣熊廷弼书写的约10平方尺的李白《峨眉山月歌》诗一首。这实在是一件不可多得的明代书法佳作！巨幛大轴行书条幅悬挂在眼前，以其极具动态张力的表现令人震撼。只见整幅书法笔酣墨饱，好似呈现着武臣执戈扬戟之势；字字独立而不失行气，既透露出森森然的金铁锵锵之声，又让人在阅读、观赏之余，不觉被贯穿于整卷的情绪所带动。当时我也在拍卖前做足了准备，就连万一需要借钱的对象都已事先商量好了。我渴望在拍卖时一举拿下这件钟爱的书法作品。可那毕竟是1997年，相对自己难以启齿的经济基础，后来正式拍卖开始时，几个来回竞价就让我没了底气。尽管现在想来就那么点钱，可在当时却难如登天，我最终无缘竞得。

再次在市场上见到熊廷弼的书法真迹已是16年后了。那也是在北京的一场大型艺术品拍卖会上，一幅熊廷弼的书法手卷，尺幅更大，起拍价更是令我无法想象的400万元。至此，我也只能悻悻作罢……

经年以后，一个偶然的机会，我受朋友之邀去参观"龙美术馆"西岸馆。徐徐看来，我突然发现当初悻悻作罢的那件熊廷弼书法巨幅手卷，正静静地躺在馆内的一方玻璃展柜里。我望着正前方的浦江胜景，内心思绪万千。我为一件传世佳作找到了一个好的归宿，并以完整的面貌展现在世人面前而感到无比欣慰。

对于清代以前的书画作品，我从未停止过喜爱和研究，只是可以买到及符合收藏条件的概率越来越小。就拿我曾收藏过的一件文徵明书法条幅而言，后来也因为遭遇了人生的一个重要节点，亟须用钱，无奈之下只得转让给当时的生意伙伴来渡过难关。毕竟家中一些价值较低的作品就算卖了，也起不到大的作用。原想在本书中也插入这件文徵明作品的图片，以慰我曾经拥有，但朋友一再婉绝，我只得断了念想。

十、

藏品换房

　　这是一幅国画大师陆俨少先生鼎盛时期的代表作品《峡江险水图》，我是在 2008 年全球金融危机时，在一个拍卖会上与之相遇。陆俨少先生的山水画以其独创的四种绘画新技法——勾水、勾云、留白、积墨——在现当代山水画领域独树一帜。他的独特之处在于笔墨形式多样，用笔丰富。他善于将云水、江河、湖海的汹涌澎湃、浩渺弥漫之势描绘得惟妙惟肖；特别是在云和水的动感表现上，不仅笔墨酣畅，而且气韵生动、神采飞扬。可以说，陆俨少是自古以来擅画云和水的第一高手，在画坛堪称一绝。上述的这些技法，完全在这幅手卷上体现得淋漓尽致，让我看得心醉神迷。

　　每当我欲在拍卖会上购买作品，一直践行

- 陆俨少（1909-1993）《峡江险水图》
- 纸本 纵16cm 横135cm
- 钤印：陆俨少、宛若、嘉定、穆如馆
- 著录于《平山草堂·沐宣主人藏画集》，中国美术学院出版社2009年版

的理念是，之前一定要通过自己的仔细研究，挑选出一件真正的好作品。这其中涉及许多拍卖的技巧，譬如每次怎么喊价，到哪个价位加多少，这些都需要事先做好预案。经过数轮竞价，我如愿以偿地得到了这幅陆俨少先生的作品。

但是到了结账时又遇到了问题，原本一家广告商答应支付的广告应付款项经过我几次催讨，迟迟未能到账，而我为了保持良好的买卖信誉，只有先借款应付，可这么一大笔款项一时又不知该请谁帮忙，于是想到了最后一条路：去借月息5个点的高利贷来应急，而这一借就是三个月。

我在上海市大杨浦地区凤城新村30平方米的居住环境里生活了近30年，厨房和卫生间是两家合用的。可这毕竟是年代久远的老公房，自从我开始经商后，就自己买房搬出去居住了。我的妻子为改善公公婆婆的居住条件，看中了一处外观大气的新楼盘。那时买房不像现在要排队摇号，而是靠售楼小姐奋力推销。妻子见售楼处询价的人

络绎不绝，担心上好的单元会被别人捷足先登，也没来得及与我商量，就付了购房的定金，选了一套80平方米的电梯房。从居住视野上论，这个单元该是小区里的楼王。妻子的本意是想孝敬公婆，同时成全我做一个大孝子。在当今社会里，能这样做的媳妇不说凤毛麟角，也实属难能可贵。

随后妻子拿着签好的购房合同，欢天喜地给我报信。但当时情况下，这突如其来的巨额房款让我瞠目结舌。因为我无法贷款，现在妻子付了定金又签了合同，可后面的购房款却没有着落。怎么办？事情往往如此蹊跷，正如人们常说的那样，当所有的门都关上的时候，上帝总会为你打开一扇窗。我的这扇窗和一个陌生来电有关，对方自称是一位山东的书画收藏爱好者，他打听到我这里有一幅陆俨少的精品力作，想要登门洽谈并出资求购。我在电话里未作正面应允。我没有马上应允的原因是显然的，那毕竟是我的心爱之物，忽然要割舍的确不忍。当然，这个来电好像瞅准了对方正陷于一筹莫展之际，似乎又令我不得不忍痛割舍。我想起李嘉诚在事业起步时，曾与美国商人洽谈一笔塑料花业务，为抬高自己的身价，他租借了当时亚洲最高建筑合和中心大厦作为临时办公场所，其目的就是彰显实力，最终促成了这笔交易。从中我得到的启示是，就自己当时的居住环境而言，如果贸然答应那位山东藏友的来访，很可能会影响画作的成交价。环境对人的心理暗示有时十分微妙，甚至极其重要。于是我借鉴李嘉诚的做法，也临时借用了妻子表姐位于香山路的豪宅，将陆俨少的《峡江险水图》高高地悬挂在堂屋之上。我所做的这一切，只为赶紧弥补巨额购房款的短缺，而且还须以高于我的心理价位成交。

一切准备就绪，那位山东藏友摁响了门铃。进门后，他果然环视着房内的装饰与家居，捎带着对这个地段、这栋豪宅一同赞不绝口。只见他最后将目光凝视在《峡江险水图》时，一下子喜出望外，似乎没怎么犹豫，便果断地给出了150万元的价格。我稍稍愣了一下，心想，这兴许是老天爷在眷顾我，谁又能说得清楚呢。我购入这幅作品是去年11月16日，而今天售出的日期又是11月16日，然后那笔买房所急需的款项也恰好是150万元。来者是自己上门求购的，又是自己开的价，如此巧合的事情发生了，就像命中注定的一样。

山东藏友随即让我给他一个收款账号，迅速完成了转账。他迫不及待地从墙上小心翼翼地取下这幅画，缓缓卷起收入袋中，看得出他对这次交易非常愉快而满足。

有了这笔钱，妻子一次性付清了其余房款。回家后，她见我面对空落落的墙体发呆，关切地问："是不是还有些不舍得呀？"我略带苦涩地笑了笑，答道："舍得舍得，有舍才有得嘛。古人云，百善孝为先。无此舍，何以成全孝道？舍得！"

按常理，这是一件尽善尽美的事，可父母得知我为他们买了新房，却以年纪大的人不宜随便挪窝为由，拒绝搬离旧居。

出现这样的结果着实令我始料不及，而且任凭妻子如何劝导二老都无济于事。既然做子女的美好愿望化为了泡影，我便与妻子协商，先把空关的房子卖出去，以便合适时再投入艺术品收藏上。不过那段时间暂时没看到我满意的作品，而同期的股市经过一轮调整，行情有继续向上的趋势。收藏的重要基础是现金的支撑，我决定先将闲置的钱放到股市中去增值，以壮大自己的资金实力。

经过如此这般尽心竭力的操作，到2015年初，我的股票市值已增至800余万元。后来的故事如前所述，由于证券市场上的风云突变，股指快速下探，致使我的融资盘爆仓，包括卖房所得的170万元几乎打了水漂。

如果当年我父母搬进了新居，不仅大大改善了他们的居住环境，房价还会迅速升值。可惜世上没有"如果"，假设永远是不存在的。事实是我用书画收藏品的出让金去尽孝道，非但孝心没被接受，连尽孝心的钱也输得一干二净。

后来有人问我，你认为手上最好的一件收藏品是什么？我则坦言相告：这个就像领养孩子，当初是因为喜欢才去领养，而我的每件藏品在"领养"过程中，都有着离奇的趣事和值得玩味的经历，那些往事都曾带给我快乐的回忆，让我如数家珍，所以在我心目中，它们都是最好的，鲜有例外。

唯《峡江险水图》是个例外，它留给我整整一年幸福而自豪的时光，以至于直到今天，我偶尔静坐在那面空空的墙壁面前，恍惚间似乎仍能目睹滔滔江水汹涌而下，卷起千堆雪，心中满是遗憾。

十一、

研究纸张的重要性

为寻觅更多心仪的藏品,海外拍卖市场也是我常去光顾的地方。2010年4月,我通过拍卖图录,了解到香港苏富比拍卖会将会有李鸿章、曾国藩、胡林翼等人的书法楹联作品拍卖,我觉得这是一次难得的机会。

由于临时有事,我采用了电话委托的方式竞买。首先起拍的是一副曾国藩的书法楹联,但在竞拍中,拍卖师报的价格很快就超过了我的预期,而且也远超当时国内曾国藩书法的行情。由于没有做好充分准备,我一时犹豫,便错过了。随后我将注意力全部转向下一件拍卖品,即李鸿章的书法楹联。我抱着孤注一掷的决心,以近32万港币买到了这件作品。未承想这个价格居然刷新了当时李鸿章书法的全球拍卖纪录。

作者与晋唐历朝古纸册合影

当时国内艺术品拍卖市场是以海外的拍卖成交价格作为风向标的，自此国内拍卖市场上晚清"中兴名臣"的书法价格也被迅速向上推动。

机缘巧合的是，若干年后，我在北京的一场拍卖会上，与当初失之交臂的那副曾国藩的楹联再度相遇，不过细看之下，顿觉这该是上天对我的眷顾。它与我之前所见的图录相去甚远，于是我确定那副曾国藩的楹联并非其亲笔所书。撇开其书法水准和印泥颜色不论，单论其用纸就存在明显问题。因为曾国藩是清代臣僚，绝对用不到民国的书法纸张。那副差点被我购入的"问题"楹联，最后让他人"先下手为强"地给拍走了。通过这次有惊无险的经历，我对中国书画纸张的断代有了较为感性的认识。如果对此不进行认真学习，这样的误打误撞迟早会落在我头上。

在对纸张的研究中，我曾有幸受邀去朵云轩拍卖公司的库房，鉴赏合肥龚心钊家族所珍藏的一批从晋唐至清代的各式古纸样本，并且被允许翻阅龚氏所藏的《晋唐历朝古纸》册页。册页的封面上标注着

· 原藏者龚心钊释文　　· 晋人茧纸　　　· 唐人硬黄笺　　　· 唐人天马锦

"不市本"字样，意即不在市面上流通，有世代家传的意思，其中的三张晋代时期的茧纸引起了我的极大兴趣。茧纸对研究中国古代造纸技术意义重大，这些茧纸为真蚕茧丝所制，即便摩擦也不会起毛。可能因为晋以后蚕茧纸极为罕见，所以没人再用它写字了。此次准备拍卖的《晋唐历朝古纸》册页中三张"晋人茧纸"，其实源自同一张茧纸。据龚氏称，1936 年他拿到晋代茧纸时，一碰就损坏，于是他索性根据晋代茧纸损坏的程度，将它们分成了三份，才有了我所见到的这三张茧纸。

上拍卖会前，杭州丝绸博物馆对实物的检测显示，这三张纸恰如龚氏所判断的那样，其材质确属蚕丝，年份也与标签注明的晋代相近。

我非常幸运，与"晋人茧纸"零距离接触后，又从中见到了唐硬黄纸、写经纸、宋硬黄纸、软黄纸、镜面纸、藏经纸、白麻纸、藤纸、

· 唐人写经纸　　· 唐人写经纸　　· 宋镜面　　· 宋红丝罗纹

罗纹纸、云母笺、银红色笺等，明宣德仿宋蜡笺、仿宋藤纸，清初仿宋藏经纸、乾隆仿宋澄心堂色笺、乾隆冷金笺，以及乾隆年间怡亲王府特制饾版拱花水印角花笺等；另有唐天马锦，清内廷用画绢、金花绢等。这些纸张使得我对晋唐历朝古纸的认知，不再局限于历史文献上所定义的。相传当年王羲之就是用蚕茧纸写的《兰亭序》，但随着唐太宗的陪葬而消失。此前太宗命臣子摹写的《兰亭序》用的都是楮皮纸，因此对于茧纸只有记载，后人并未真正见过。现存故宫博物院的《宋拓定武本兰亭》使用的是麻纸。我当时一页页地看，一页页地拍照记录，第一天没过瘾，第二天接着看，既开阔了视野，又增长了知识。由此我也感悟到，确定纸张的年份对历代字画的鉴定，起到了非常关键的作用。若能一眼辨别出作品用纸的大致年份与作者的生平纪年是否相符，就能事半功倍，少走弯路。

•宋纸　　　　　•宋白麻纸　　　　•宋藤纸　　　　•宋藤纸

这也成为我在拍卖市场上识别古代书画真伪的利器。

对纸张的研究，是我收藏字画的一个组成部分，其重要性不言而喻。在纸张未出现之前，书写和画画部分是呈现在绢帛上的。所谓绢帛，乃古代丝织物的总称。宫廷所用的贡品绢帛也有精与粗之分。通俗地讲，绢帛为丝织品，织丝如同织布，由经线和纬线组成，从开始的单丝，到后来的几十根合并，织出来的绢帛肯定不同，写字、画画的效果自然也不同。像绢帛上写的书法或者画的画，大多数只有在故宫博物院里才能看得到，如宋末元初赵孟頫的绢本《临兰亭序》。

《晋唐历朝古纸》册本后来以630万元成交，创下的不仅是迄今古纸拍卖的最高纪录，也呈现了沉甸甸的中国纸张历史。

在中国传统社会中，用于书信往来的信笺

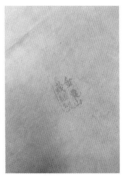

・乾隆角花笺　　・乾隆冷金笺　　・乾隆仿澄心堂笺纸　　・金粟山藏经纸

大多形制小巧，经染色或印刷加工而成。印制信笺就其内容而言，主要可分为栏格笺和花笺两大类。栏格笺多用素纸印成特定的板格样式，八行笺为其典型代表；花笺则是印有花纹或图画的信笺。这两类信笺自明代中晚期开始发展与繁荣，至清末民初达到题材样式和实用消费的顶峰。除了纸铺出售的大众信笺，传统文人还常常自制笺纸，形式多样，大多印有本人名号。其中最具盛名的是唐代女诗人、书法家薛涛，她用自己制作的桃红色小笺来写诗，后人称之为"薛涛笺"。韦庄有诗赞曰："也知价重连城璧，一纸万金犹不惜。"晚清著名经学大师俞樾也雅于此道，他一生酷爱花笺，书信用笺多为自制，种类达四五十种之多，在传统文人个性化制笺史上具有显著地位。俞樾自制笺，除了少数以人物、景物为题材的传统面笺和以拓印或仿摹古器物为内容的博古笺，更多的是以文字为笺样的书法文字笺与钤印笺。因此，在考证俞樾所书的信札时，笺纸就起到了关键的作用。

一次，好友邀请我去参加一位沪上书画篆刻大家的小型宴会，席间，多位宾客正好谈论到书画的纸张，那位书画篆刻大家便即兴拿出一张乾隆年间的宫廷御用笺纸与大家观赏分享。据主人言，此乃"乾隆淳化轩御制笺"，我便格外留意起来。因为在此之前，我只是听说，却未见到过实物；今日一见，果然不同寻常。中国书写对纸张的讲究，始于汉唐，盛于宋明，至乾隆年间更是花样百出，登峰造极。只见在尺许见方的纸上，杏黄色的施蜡，正面是手工金绘五爪云龙，并饰以云纹、火珠纹，细密精致，尽显皇家无上威严和耀眼的堂皇。著名历史文物研究者沈从文曾记载："后百年的同治时，一张蜡笺，工料费银五两九分，洒金外加一两一钱五分二厘。在乾隆年时，这张纸的价值约可供五口之家生活四个月。一纸在手，既不齿于帝王的穷奢极侈，也赞叹于纸艺术的美轮美奂。"

这次偶遇，为我以后收藏到清代大书法家郭尚先在这样的"御制笺"上书写的一幅传世之作，客观上提供了很大帮助。

因为有了先前对书画用纸辨别的疏忽，而险些斥巨资买到旧仿的曾国藩书法，所以从这次冒进的行为中，我认识到了历代书画用纸对甄别作品真伪的重要性，继而又以认真的态度，对书画用纸做了较长时间的系统性研究，在掌握其中知识的同时，我得出结论：如欲购买书画收藏品，特别是古代书画，要尽可能到现场做系统性的鉴别。退而求其次，必须从售卖方取得所欲购买实物的全方位、高清晰的资料图片。因为一件物品的原始状态与图录展示，往往会因像素、光线、修图存在较大差异，如购买者稍有大意，未对实物进行仔细观察而买到赝品或残次品，肯定会后悔不迭。唯有真迹，才能超越时空，让观赏者与艺术品对话。

十二、

钟情于古人书法

　　我曾在 2021 年 8 月 8 日《劳动报》上发表过一篇文章，着重谈到了我所推崇的曾国藩的书法。

　　曾国藩生于耕读世家，曾就读于岳麓书院，27 岁中进士，历任礼部、刑部、吏部侍郎，两江总督、直隶总督等官职，卒谥文正。自晚清民国以来，曾国藩的书法一直备受世人推崇。

　　曾国藩书法源于深厚的传统帖学基础。据史载，曾国藩练习书法极其勤奋，军政余暇苦练不辍。

　　曾国藩秉性凝重，笔亦随之，晚年书法更显瘦劲挺拔。其行书多取法宋人，以实用为务，信札家书饶有神采，最见性情。据《曾文正公手书日记》中所记，曾国藩为朋友、故旧及家

石梯深入白雲窠　積雨晴封青蘚徑

瀚雲尊兄屬

滌生曾國藩

曾國藩書聯語神品
己巳二月三日芝印甲盫題

• 范曾題簽

• 曾国藩（1811－1872）楷书七言联
• 手绘蜡笺　纵172.2cm　横35cm
• 钤印：涤生、国藩之印

俞樾故居·曾国藩题春在堂（作者摄于2014年）

人书作甚多，形式主要有对联、屏轴、条幅、扇面、横批、册页等，其中楹联是他最主要的书法作品样式。

此作品为曾国藩楷书楹联，书写内容摘自唐代诗人徐铉、李习之诗作。展开卷轴，可见所用清代道光时期手绘"梅竹冰裂纹"朱红蜡笺纸。历经岁月的流逝，该副楹联依然亮丽如新，品相完美，对研究清代宫廷蜡笺纸的学者不失为难得一见的范本。

纵观上下联，书体平正刚直，丰润自在中不失险绝；墨色乌黑光洁，笔力强劲而饶有韵味。整个作品将"笔画疏处可使走马，密处不使透风"的美学理念体现得淋漓尽致，可谓曾文正公精美绝伦之作品，令人叹为观止。

在对晚清"中兴名臣"进行系统性研究的同时，我也会关注那个时期更多的历史人物，其中就有一位大师级的通儒，不可避免地进入了我的视野，即晚清著名经学家俞樾。

清道光三十年（1850），俞樾中进士，位列第十九名。是时的主

俞樾故居·李鸿章题匾额（作者摄于2014年）

考官就是曾国藩。那年考试的诗题为《淡烟疏雨落花天》，俞樾作诗，第一句即以"花落春仍在"展开，读来让人从失落中看到希望。考官曾国藩阅后欣赏有加，赞叹道："他日所至，未可量也。"可俞樾太过书生，不谙为官之道，仅当了一任河南学政，便被御史弹劾，从此削职归田。俞樾回到江南，在朋友的资助下，购得大学士潘世恩故宅弃地，亲自设计、建房。构筑的小园取名"曲园"，宅门有李鸿章亲书"德清余太史著书之庐"的横匾。建筑的主要部分取名为"春在堂"，就是由非常欣赏他才情的座师曾国藩所题。俞樾一生与曾国藩倾心交纳，他保和殿复试获第一，或许与曾国藩的提携有关。

因"东南遭赭寇之乱"，后俞樾颠沛流离于德清、上虞、上海、北京等地约 10 年，直到同治四年（1865），他与李鸿章相识金陵，才应李鸿章之邀，出任苏州紫阳书院山长；同治六年（1867），又移席杭州"诂经精舍"，自此足迹遍布江浙，累计讲学逾 30 年，桃李满天下。

- 俞樾（1821-1907）格言书法匾额
- 纸本 纵34cm 横135.8cm
- 钤印：先皇天语写作俱佳、俞樾长寿、曲园居士

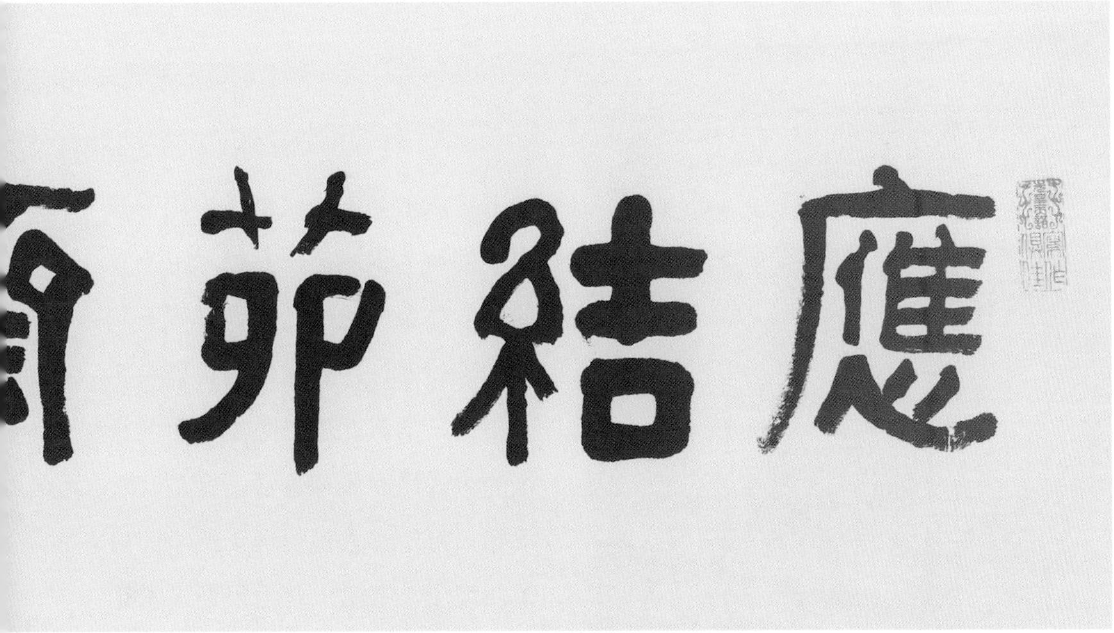

俞樾隸書杜甫閬山歌句匾額 淺春堂白雲珎藏

俞樾一生专意著述，每竟一岁皆有写定一书刊行于世，其书法多以“篆隶”二书体名世。在《清史稿》和《浙江府县志辑》的记载中，论及俞樾的书法时，谓之“寻常书札，率以隶体书之”，可见“篆隶”是俞樾檀长的书体。

一个艺术家的书法风格，无不受其所处时代的熏染，俞樾亦不能例外。进入清代中叶，随着金石书迹的出土文物日益增多，书家的审美视野也逐渐开阔，形成了崇尚碑学的艺术倾向，书法随即进入了以碑派为主流的时期。一些碑派书家迅速崛起，先后崇尚汉碑、北碑，痴迷于碑刻书法所表现的金石气，追求用笔的厚重、苍茫、浑穆、朴拙，甚至对于千年承袭的帖学，进行了不留情面的贬斥。这一时期，清中期官员，经学家、训诂考据学家、金石学家阮元，以文学家客

寒山寺别院
俞樾书《枫桥夜泊》巨碑
纵1690cm 横650cm 碑身厚150cm 总重400t，
为目前世界上最大的诗碑。
（作者摄于2014年）

串书法家的姿态，归纳了中国书法史上的两大内涵：一是以二王为首的帖学体系，另一是汉魏碑版石刻的北碑体系，并且在他的论著中明确指出，学习北碑一系才是学习真正的古法，而脱却古法，就是一片俗媚。正是在人们习厌了帖学的传统环境中，书法家包世臣通过书论《艺舟双楫》，对北碑赋予了一种全新的审美价值观，并予以大力倡导；更以大书法家邓石如为楷模，将北碑书风的盛行推进到新的境界。在这些颇有影响的书家书论的推波助澜下，是时几乎形成了碑学一统天下的局面。这一时期表现在篆、隶书体的创作上，较前代有了长足的发展，呈现出丰富多彩的气象，先后涌现出一大批卓有成效的书家，俞樾便是其中的一位。从他的书法作品中，后人可以看到他对碑刻的取法倾向，从而形成了一种独有的古朴端厚的书法气象。

书法乃文人雅玩的艺术，写的是心性，靠的是学养，技法属于表

《茶香即书香·记朴学大师俞樾》
作者发表于2018年11月8日《新民晚报》

层的范畴。真正好的作品不仅拘泥于熟练的技法，还要靠深厚的学养来支撑。也只有透过表层技艺而根植于学问的书法作品，才有传世的可能。

俞樾对李白、杜甫的书法曾给予过评价，认为这些文人的书法都是学养的外化，虽不计笔墨，但书品甚高。由此可见，俞樾对历代文人是情有独钟的，对他们的书法作品所洋溢出来的儒者气息和文化内涵钦佩有加。这也反映了俞樾书法艺术的审美倾向，为最终形成其儒雅含蓄的书法风貌，起到了导向作用。

晚清时期，篆隶书体的创作逐步走向繁荣，相当多的书家对篆隶书体探索的目的更加纯粹，更倾心于点画用笔、结字姿态、章法形式和墨色气韵等诸方面技法，因而显现出千姿百态的面貌，如同时期的书法家邓石如、吴熙载、莫友芝、杨沂孙、徐三庚等，都各具特色。

不过吴熙载的舒展飘逸、莫友芝的生拙坚实、杨沂孙的宽博错落、徐三庚的钉头鼠尾，都与俞樾工稳典雅的篆书相去甚远。观俞樾的书法作品，可以深切地感受到由于学养深厚而流露出的文人气息。其篆书结构的准确有据，隶书用笔的沉实稳健，不着意修饰，方笔平扫，灵动平和，十分耐人寻味。在意法上井然工稳，气力内凝，是其渊深的学识渗化而成，在晚清隶书书家中最具儒者风范。俞樾作为一代大儒，针砭时弊，在当时的书法分歧上主张正本探源，以古人为法，崇古尚朴，形成了体势古朴独特的书体。

俞樾善写篆隶大字，在晚清广为认可，但他对书法家卖字甚为不齿。在他看来，一心为财丧失的是字的品格，至于为了书写效果而自创工具，也是他不屑的。所以他的书法创作是最本真之表达，往往融入了书写内容的意境，对于书品有极高的要求，唯胸次超拔方能书写性灵。

正由于功夫在诗外，这位晚清朴学大师毕生的治学，没有了朝堂上的喧嚣，使他潜移默化地锻造出了厚重平淡的书风。在碑学兴盛的时代，他对于秦汉以来碑刻研习甚深，却不为时代所囿；深厚的学养，恬静的诗情，随着岁月不断地累积。品他的书法如同品普洱老茶，越泡越喝越有味。其书法的功夫多在字外，是晚清少有的文人书家。俞樾晚年有一部笔记著作《茶香室丛钞》，所谓的茶香室，据自序为其夫人姚氏所居室名。茶的回甘，玩味再三，越发醇厚。这大概恰好可以借来品评他的书法，也正如俞樾应试时所赋诗首句"花落春仍在，天时尚艳阳"一样，其篆隶书法给中国书法史留下了浓墨重彩的一笔。

清代是中国书法的集大成时期。这个时期的书法学派杂陈，新旧交替，流派众多，蔚为壮观，因此掀起了书法艺术的又一高潮，书家辈出，其中郭尚先的书法成就是在这种大环境下形成的。

清代帖学书法代表

清初"崇董"风尚		
亦步亦趋	**力图摆脱**	
沈荃 （1624-1684）	康熙时期 帖学四大家	代表书家
孙岳颁 （1639-1708）	笪重光 （1623-1692）	毛奇龄 （1623-1716）
高士奇 （1645-1704）	姜宸英 （1628-1699）	陈奕禧 （1648-1709）
查昇 （1650-1707）	汪士鋐 （1658-1723）	米汉雯 （生卒年不详）
爱新觉罗·玄烨 （1654-1722）	何焯 （1661-1722）	杨宾 （1650-1720）
陈邦彦 （1678-1752）		

乾隆、嘉庆、道光时期"崇赵尊唐"的帖学中兴			
代表书家	**"清六家"**		**代表书家**
张照 （1691-1745）	刘墉 （1720-1805）	翁方纲 （1733-1818）	袁枚 （1716-1798）
汪由敦 （1692-1758）	梁同书 （1723-1815）	铁保 （1752-1824）	姚鼐 （1732-1815）
梁诗正 （1697-1763）	王文治 （1730-1802）	永瑆 （1752-1833）	钱沣 （1740-1795）
梁巘 （1710-1788后）			黄钺 （1750-1841）
爱新觉罗·弘历 （1711-1799）			张问陶 （1764-1814）

道光、咸丰时期固守经典	
代表书家	
李兆洛 （1769-1841）	卓秉恬 （1782-1855）
李宗瀚 （1779-1831）	祁寯藻 （1793-1866）
吴荣光 （1773-1843）	赵光 （1797-1865）
郭尚先 （1785-1832）	陈孚恩 （1802-1866）
林则徐 （1785-1850）	许乃普 （1787-1866）

竖排：清 郭蘭石 行書 錄元 好問 七言 詩二首 成扇

- 郭尚先（1785-1832）《行书录元好问七言诗二首》
- 水墨洒金笺 纵17cm 横52cm
- 钤印：尚先私印

　　清代中期是中国书法由帖学向碑学转换的关键时期（见上表）。传统的帖学书法经过乾隆初年的书风转变之后逐渐兴盛，书家们进一步扩大取法范围，使帖学的技法原则和审美取向获得了突破和进展。当时善书之人众多，其中尤以翁方纲、刘墉、永瑆、铁保、梁同书、王文治六人的书法享誉大江南北。据《清朝书画录》记载，翁方纲与刘墉、梁同书、王文治齐名，在当时这四人并称"翁刘梁王"，翁又与刘墉、成亲王永瑆、铁保齐名，亦称"翁刘成铁"。

　　郭尚先是清道光年间最为著名的帖派书家之一，由其后人所辑的《芳坚馆题跋》一书，记录了他的收藏及经眼的历代碑版、刻帖、墨迹凡百余种。我是通过对《芳坚馆题跋》的研究，才清晰地看到郭尚先的学书轨迹及其审美思想。

郭尚先系福建莆田人，清代著名的政治家、书法家，主要活动是在嘉庆、道光时期。郭尚先年幼时就聪颖绝伦，青少年时期已写得一手好字，他的书法以晋唐传统帖学为宗，崇尚古淡萧散之意趣；其行书强调风神，秀丽飘逸，尤得晋人三昧，成为晚清最重要的帖学代表者。如上页所示的这件扇面虽小，但行笔流畅，顿挫分明，一气贯注，左右呼应，构成了一幅完整的艺术品。

清代随着金石考据而起的碑学有所发展，更由于学术思潮的影响，清代中后期的书坛别开生面，形成碑学盛兴、帖学衰微的格局，从而也影响到了近现代乃至当代的书法观念与创作。

郭尚先一入翰林，其书法便名震海内，且远播域外。他的书法出入晋唐，取法高古，其书风飘逸空灵，结构较为轻松，得书法大自在之趣味。他活动的环境多为官场周围，交往的师友门生亦多是高雅的文人；也是受时代和环境的影响，他的书法倾向偶有涉及北碑，却都未很深入，可见当时碑学还未成为主流。

郭尚先诗、书、画、印俱精，以楷书与行书的成就最高，被誉为"500年来小楷第一人"、书法界的"泰斗宗师"。他对历代碑帖的鉴赏品评也有许多独到的见解，其中集大成的书法理论著作《芳坚馆题跋》，代表了当时清代较为纯粹的帖学观念，就是回归晋法。具体而言，郭尚先以魏晋二王为源头，作为书法的最高标准，品评了一系列公认的帖学优秀人物，对颜真卿、董其昌等评价甚高。就连王铎的书法也是因为他的品评才会享名于世。这也引导了我对书法品评的方式方法，包括对象等，都有了深刻的了解。郭尚先的书学思想和他的书法实践相辅相成，互为表里，是嘉庆、道光年间书学思想体系的一种体现，反映了当时的书坛状态，为那个时代的书法理论起到了补遗作用。

数年前的一个偶然机遇，我从朋友处了解到，他有一位长年独居的邻里，因年迈无依，欲与海外亲人团聚，已办妥了移民手续。临行之前，他打算把祖辈传下来的多幅书画脱手，以资日后生活用度。不过当我进一步询问这位老先生所要出售的藏品详情时，朋友却答不出个所以然来，只告诉我老先生原是民国时期殷实家庭之后，青年时代还曾就读于名校，绝非等闲之辈。见朋友言之凿凿，我便有意请朋友引见，以一探究竟。

约定会面的那天，老先生果如朋友介绍的那样，衣着考究，举止斯文，周身透着儒雅的书生气，一时给我留下了很好的印象。经过一番寒暄之后，老先生小心翼翼地拿出几个古旧的木制画匣，一一打开。我的目光顿时被其中一个写有"郭尚先"字样的木盒所吸引，看着老先生从盒中取出卷轴，放置在桌面上仅展纸尺许；继而映入我眼帘的竟然是与不久前我刚见到过的同样的"乾隆淳化轩御制笺"。笺纸上手绘的描金龙腾祥云做戏火珠状，穿梭在云雾缭绕间，观之雍容华贵、富丽堂皇。随着卷轴的展开，只见一幅清代大书法家郭尚先用笔

- 郭尚先《行书书评董玄宰崇祯五年作画并录提画为杨弱水侍御七言诗》
- 清乾隆淳化轩金绘五爪云龙戏火珠纹御制笺
- 画轴为清代象牙制轴
- 纵182cm 横41cm
- 钤印：臣尚先、兰石

虚灵、章法疏朗的书法，淋漓尽致地呈现在这张珍贵的笺纸上。

　　见到如此相得益彰的传世作品，我的确有些按捺不住，但询问了价格后，我着实有些为难了。原来老先生一定要用美元进行交易，且数目不小，我又发自内心地不愿错过如此机遇。商定价格和约定交易日期后，我赶忙去筹钱和兑换。直到兑换好钱币，从银行里走出的那一刻，我的内心终于抑制不住地产生了一种胜券在握的喜悦感。我提着钱直奔老先生家，完成了交易，就好像完成了自己人生中的一件大事。须知郭尚先英年早逝，所以他的作品传世极少。尽管清代书法家灿若星河，能在历史的烟尘中不被磨灭的却凤毛麟角，郭尚先便是其中一位。

作品局部图示

　　郭尚先的这幅条幅，其书笔势飞动跳跃，点画方圆交错、粗细相间，极尽笔法变化之能事，显示出作者驾驭线条的高超技巧和能力。从渊源上看，此书既有董其昌的笔墨意趣，也有宋人尚意的风神，但似乎显魏晋风致。从中能窥见郭氏学识丰沛，书法造诣深厚。

　　郭尚先曾与林则徐同在京城为官，相互交好，且为同乡，彼此知根知底。作为清朝中晚期的社稷重臣，林则徐在历史上主要以政治家、民族英雄而闻名于世，然其书法艺术成就亦相当可观。林则徐出身翰林，笔墨功力自然不俗，有大量书法作品遗世，殊不知林则徐的书法也是问教于郭尚先。身为民族英雄，收藏者敬其人而重其物，故当今艺术品交易市场上仍留有相当数量的林公书迹，但其中不免夹杂赝品、伪作，且有部分"代笔"作品存在。

在书画鉴定中，代笔书画也是常能遇到的。造成这种情况的原因较为复杂，有的是由于书画家本人名声很大，求其画作的人太多，一时应付不过来，便请学生或弟子代笔；有的画家擅画山水，可求画者要求他画花鸟，他不擅长却又羞于推诿，于是请人代画，他自己署名。作为中国古代书画史上一个特殊的艺术现象，牵扯其中的不乏名家和一些影响极大的官员，如当今书画拍卖市场上，耳熟能详的文徵明、董其昌、刘墉、曾国藩、彭玉麟、李鸿章、吴昌硕等。从他们身上可以对代笔现象做较为深入而认真的解析，以求分辨作品的真实性。譬如替文徵明代笔的是他的学生朱子朗，文徵明中年以后，向他索要字画的人日多，有时车马盈门应接不暇，最后只能请他的高徒朱子朗代笔。董其昌则有两位善画山水的高手代笔，分别是早期的沈士充和后来的赵左。在刘墉的代笔人中，有一位是他的小妾，每当我们在刘墉书法作品上见到"飞腾绮丽"的钤印时，就得稍加留意了。曾国藩的代笔者是他亲自选定的罗彦甫。彭玉麟中年之后右臂染病，为应酬梅花之作，便多由其弟子何显斌代之。值得注意的是，彭玉麟因其气节高，吝字，较少会写字送人，因此在当今艺术品市场上，要寻觅到他的真迹实属不易，所见之物以代笔、伪造和仿品居多。

在清代书法与收藏家中，李宗瀚足以位列名家，其收藏的号称海内之唐拓孤本——隋代丁道护书《启法寺碑》、唐代虞世南《孔子庙堂碑》、唐代褚遂良书《孟法师碑》、唐代魏栖梧书《善才寺碑》尤为罕见，世称"临川四宝"，盛为艺林矜夸。

嘉庆、道光年间，朴学（考据学）逐渐成熟并至鼎盛，重汉学、识文字、通训诂、精校勘、善考证的乾嘉学派渐成学术主流。受此影响，传统金石书画之学也有所光大，文人雅士好琴棋书画，整理、研究和收藏文物之风开始兴起。李宗瀚身为朝中官吏，凭借诗书技艺及至富的碑帖藏品，结交了当时诸多名流，如翁方纲、法式善、龚自珍、

116

阮元、英和、陈用光、潘世恩、郭尚先、曾国藩等。根据以上简论可知，李宗瀚的书法成就离不开他对金石拓片的收藏和鉴赏，客观上对李宗瀚的书法学习产生了良好的影响。

长期以来，我对书画艺术学术领域进行浅要的探研，并通过实践运用到了收藏领域，一直沿着一条自己所主导的轨迹在行走，使自己更明白地知道，自己想要的到底是什么。收藏的旨趣在于随着藏品综合因素的优秀和其历史脉络的逐渐清晰，收藏会变得越发有意义和更具魅力。

书画琴棋、诗词歌赋，无一不是人类借以抒情言志的艺术形式。我们可以认为书法只不过是艺术的写字或写字的艺术，然而几千年来，多少文人墨客陶醉其中，乐此不疲。在民族文化的潮流中无处不有书，书法之美是中国特有的艺术，是其他国家文字形态所不及的。书法的品评过程，实在是让观赏者感觉"美的创造过程"。

十三、

识古寻踪，最爱徐渭

好古敏求，这是先哲的垂训，我亦遵循之并成为习性，且把精神寄托于书画。

古书画具有悠久的历史，而且越是久远就越难寓目。为了对中国画史脉络有更清晰的认知，我萌生了去甘肃敦煌莫高窟探访的想法。

2014 年 9 月，我怀着一颗虔诚的心，走进了这段凝固的历史。

敦煌开凿石窟始于东晋（336 年），由于当地的石质不适合雕刻，所以普遍以壁画和彩塑的形式来体现。现已发现并清理的洞窟 735 个，建窟年代从东晋十六国一直绵延到元代，历经千年。在这千年不同的年代里，这些敦煌壁画在佛教为主题的背景下，以各自的内容和艺术形式一路演绎，精美绝伦，是一部生动而具体

2014年9月17日，作者摄于敦煌

的绘画史。当我穿越千年感受敦煌之美的同时，也仿佛置身于一个神仙世界。丝绸之路上一代又一代西行东归之人来到敦煌，将他们的美好信仰和祈愿描绘在石壁洞窟中，许多洞窟从窟顶到四壁都画满了壁画，如果将莫高窟的全部壁画连成一片，至少可以长达25公里，真可谓是这个世界上最巨大的艺术宫殿。这些壁画多以"佛祖说法图"为题材，绘制出佛在中央或坐或立，左右侍立菩萨、罗汉、护法武士，神态安然端庄，极为生动，周围飞天夹杂着满天花朵和伎乐天人的舞衣迎风飞举，飘逸轻盈而又富有韵律。在壁画的"本生经故事"中，伴随着满天神佛，可以栩栩如生地看到释迦牟尼降生以前，用伟大的牺牲精神来经历每次轮回的典故。窟顶藻井内呈几何形的纹案各有不同，连带着各个洞窟表现形式的变化突出了主题，又丰富多彩。洞窟中的绘画大量采用"晕染法"，以加强形象的体积感，并且表现手法简略大胆，色彩用黑、白、土红、青绿等，偏于清冷而对比却十分强烈；还有一些采用平涂色彩式来表现人马奔驰、衣带飞扬的场面极为生动，

全套《艺苑掇英》

诸如用线形流动的绘画风格对生活百景和动物的描绘，都能让我感到质朴与健劲的表达。千年前的古人就有如此之高的美学造诣，不能不令人叹服。

莫高窟以唐代时期的石窟艺术遗迹最为丰富，史籍中有记载唐代依据人间美女的形象来描绘菩萨和飞天。这种宗教艺术逐渐人间化、世俗化、民族化的现象，似乎成了美术发展的必然规律。

正是有了探访莫高窟的经历，大凡在日后查找资料时，遇见战国帛画、西汉帛画、汉墓壁画，就不会那样陌生，还可以凭心区分和鉴赏。为了使画史的学习更具连贯性，我开始自己安排课程，花了许多时间来通读唐末五代时期的荆浩、关仝、董源、巨然，北宋时期的李公麟、"南宋四大家"和宋元的花鸟画，宋末元初时期的钱选、赵孟頫，明朝时期的王履、王绂，"吴门四家"的沈周、唐寅、仇英和文徵明及晚明的陈洪绶、董其昌，清代"如意馆"的焦秉贞、金廷标、冷枚、禹之鼎、唐岱、袁江、袁耀、丁观鹏、徐扬等人，以及晚清及民国时期大部分重要画家的书画作品，对他们进行了较为系统的了解，学习之态如同在大海边捡拾贝壳的孩子。在漫长的游学中，我也时有茫然不解，但凭执念所驱，感觉即使是走马观花，总要比一无所知来得强。

诚如荀子所云：不闻不若闻之，闻之不若见之，见之不若知之，知之不若行之，学至于行而止矣。

不过在灿若星河的历代艺术家长廊中，我最偏爱的还是明代徐渭的书画作品。

最初知道历史上有这么一位名叫徐渭的艺术奇才，还是我在孩提时从废品回收站里捡到的一本连环画中了解到的。他是明代的画家，因为怪异的才气，成为封疆大吏的幕宾。当我第二次走出工读学校时，其实已渐渐淡忘了此人。一次偶然的机会，我在古籍书店看到一本徐渭的画集，这才回忆起过往的相遇。透过一页页画面，突然间，我对中国画的概念发生了翻天覆地的变化，是他颠覆了我之前对中国画格局的认识。记得那天，我一直捧着这本画集，好似转换了时空，忘记了时间的存在，乃至古籍书店结束营业时，我还在记录着书籍上的只言片语。从那天起，徐渭作品中所流露出来的那种鲜明创造性和强烈个性化的特点，以及他在逆境中卓然傲立的艺术气质，消解了我对艺术理解上存在的疲惫。

在此后很长的时间内，我专心致志地收集所有徐渭艺术方面的资料，进行系统研究。与此同时，徐渭所处时代一座座灯塔般书画大师的名号也纷纷登场。浸淫在600年前浩瀚的艺海中，我细读着每一位大师的作品，而且越接近领悟，越像是在和他们逐一对话，学习中的心情着实有着别样的舒展。

徐渭（1521-1593），浙江绍兴人，不仅精于书画，能诗文，更是一位戏曲家，有杂剧《四声猿》和《南词叙录》等流传于世。生活在明代中后期的徐渭，其入胡宗宪总督幕府的经历又令他展现出"知兵好奇计"的军事才能，其间为胡宗宪《进白鹿表》的代笔之作中，以华美的文章，名动天下。徐渭又是个非常不幸的人，

徐渭小像（2022年摄于上海博）

8次科考不中，9次自杀，10次迁居。而可能正是这诸多的不幸，才为他在艺术上超越时代、勇于创新提供了源流，并留下大量影响后世的文学作品。从徐渭自传《畸谱》中，可以了解到徐渭绘画发蒙的来源，是因其年少时朝暮伴在陈鹤左右帮他理笔伸纸、看他作画。陈鹤是当时颇有名望的画家，尤以水墨花卉名噪一时。陈鹤在绘画用墨时会在墨中加胶的特点，以及绘画选题，让少时的徐渭深受影响。陈鹤作画线条刚劲挺拔、墨色渲染浓重醒目的特点和现在流传下来的徐渭作品相比较，确实有诸多呼应之处。如此推断陈鹤是徐渭走上绘画道路的启蒙老师应不为过。生宣纸始于明代，而徐渭就是在这样的宣纸上，将花鸟与山水人物的水墨写意淋漓尽致地推向一个至臻的境界。他的绘画不拘形式、笔简意浓、逸笔草草、形象生动、气势狂纵奔逸，在作品中多题诗句写胸中之意气，抒发内心深处的情怀。他汲取了明以前各家之长而不为所限。相较同时代大书画家陈淳的写意画，徐渭用笔更为放纵，他将小写意绘画推向笔墨恣肆的大写意，得力于驾驭

牡丹富贵玉今传为奇丛中色更妍岂是

此花能富誉芳名元在万花先全居海阳山

馆遂暑留静颂遂幽讨偶怀

橘先生选读日久王间贤声

牡丹一幅寄之以其芳艳绝顿有似於先生也时

嘉靖乙未夏六月九日海燕山人陈鹤

笔墨的超凡才能。在大胆的变革创作过程中，其写意画所涉及的人物、花卉、山石等皆一挥而就，尽在似与不似之间，呈现出中国绘画中最为强烈的抽象表现主义。在缺乏创造性的明代画坛，徐渭所开创的水墨大写意画，让人耳目一新，继而开启了明清以来水墨写意的新途径，具有开宗立派的意义。徐渭与陈淳，在中国绘画史上被后世尊称为"青藤白阳"。同样，徐渭在书法上的造诣也是常人所不能及的。徐渭自云：学书法是汲取历代各名家之所长。他的行草书或行楷书，结字宽绰，方圆兼济，轻重自如，苍劲姿媚，笔势遒戏矫健，运笔狂放不羁，犹如渴骥奔泉。他的狂草则多用怀素圆转的笔法，枯笔或涩笔于细微之处的交代，让观者荡气回肠，极富视觉冲击力。特别是在隆庆年间，徐渭解除了牢狱之灾，在自由的环境下，更是集中了这一时期他的书法的多种面目，精彩绝伦，绚烂之极。我在读《徐渭集》中，发现他鲜明的"拥王贬朱"

- 明 陈鹤（?-1560）《牡丹图》
- 纸本立轴 纵144cm 横53.7cm
- 上海博物馆藏

（拥戴王阳明，贬斥朱熹）的哲学倾向，并且了解到徐渭最初与阳明学派人物的交游，是得益于他的老师季本。徐渭在28岁时拜季本为师，而季本则是王阳明的嫡传弟子。阳明先生是明代著名的思想家、哲学家、教育家和军事家，心学之集大成者。季本的传道授业，对徐渭的一生产生了重要影响，此后徐渭高度评价王阳明对"圣学"贡献与政治功绩的同时，还高度评价了王阳明的书法艺术。徐渭提出："重其人，宜无所不重也，况书乎？"正因为他对王阳明其人的推崇，才对王阳明的书法艺术给予了高度评价。

最初促使我去探寻王阳明先生的事迹，还是怀着爱屋及乌的心情。无奈那时相关的书籍甚少，然天遂人愿的是，某日我在售卖旧书的地摊上，偶然发现一册早年出版介绍王阳明的传记。就是从那天起，我慢慢地从阳明先生那些至简又至深的道理开始逐渐改变自己。有时某种思想的传播或借鉴，也许就在一念之间，而就是这一念，让我对以后的生活态度有了立志、勤学、改过、责善的自我修养的标准和要求。

王守仁是我国明代最重要的教育家、军事家、哲学家，字伯安，号阳明，浙江余姚人，生于明成化八年（1472），卒于明嘉靖八年（1529）。由于王守仁有立德、立功、立言"三不朽"的成就，被后世学者尊称为圣人楷模，对当时乃至后世都影响极大。

而我与王阳明的书法初见，却又是在几年后游览杭州胡雪岩故居时，内屋墙上挂着几幅他的书法碑拓作品。乍见之下，我如获至宝般地取出相机赶紧拍照，以备日后作为学习资料或鉴定比照之需。心学圣人阳明先生的书法造诣颇高，其用笔自然流畅，有魏晋书法率真之韵致，兼存宋人尚意的书风，气韵高古，颇具格高韵胜的审美意趣。王阳明的书法将自身的体悟，通过"游于艺"的方式表现出来，体现出"道艺合一"的审美境界。他视书法艺术为成德达道的修养功夫，这对我此后理解艺术的本质与功能提供了极有价值的参考视角。正因为如此，多年前，我将自己的斋号定名为"成德堂"，以寓追慕之意。

同样，徐渭因受到王阳明文学思想的影响，故可从他的书画作品中看到以情为本，大胆突破儒家重伦理教化的艺术局限，强化艺术的表现特性，深刻发掘"本色"的理论价值，弘扬"真我"，使艺术创造表现出鲜明的个性特征，同时突破传统的淡雅、和谐、优美的审美风尚，敢于表现狂逸奇伟、富有崇高特质的审美境界，继而成为中国文学和艺术领域的一座高峰。

徐渭作为天才艺术家，以举世无双的才情在艺术创作和文艺理论等诸多方面做出了开拓性的贡献。他别具匠心的自然审物观与不求形式、只求生韵的美术观，深深地感悟着我。

徐渭人生的写照如他在一幅《水墨葡萄图》上的自题诗：半生落魄已成翁，独立书斋啸晚风。笔底明珠无处卖，闲抛闲掷野藤中。徐渭晚年贫病交加，于万历二十一年（1593）在穷困潦倒中离世，终年73岁。他临终时以破絮盖身，草葬于绍兴城西南十五里地的木栅山。清代书画大家郑板桥对徐渭非常敬服，曾刻一印，自称"青藤门下走狗"。吴昌硕赞誉：青藤画中圣，书法逾鲁公。黄宾虹感叹：绍兴徐青藤，用笔之健，用墨之佳，300 年来，无人可以追赶。

搜索一番历史，我从中了解到，中国绘画理论体系在宋代就已构筑完成，元代以后未曾有过大的发展，只是在一些基本问题上进行了充实和完善，唯明代徐渭用开派大笔写意及没骨手法，用快速简单的运笔，突然让人耳目一新，感觉将中国文人画推向了极致。徐渭以文人的情怀，不沿袭他人，独具一格，奔放豪迈，泼洒于水墨之间，努力使画作达到登峰造极的地步。我在鉴赏徐渭作品的同时，也提高了自己阅读书画的境界。

时至今日，尽管我还没有搜罗到徐渭与王阳明的传世之作，但他们各自的学养与圣贤境界却已然让我镂骨铭心，甚是感怀。这其实对我来说也是一种莫大的收获。

同时我也在了解徐渭的过程中找到线索，继而又将学习范畴追溯到了活跃在 13 世纪初期的两位成就突出的画家，一位是擅长人物山水、曾担任过宫廷画师的梁楷，另一位则是兼长水墨花鸟人物的和尚绘画大师法常（号牧溪）。他们的绘画作品既受南宋四大家的影响，又有自己独特的创造，绘画

• 徐渭（1521-1593）《水墨葡萄图》
• 纸本　纵165.4cm　横64.5cm
• 故宫博物院藏

- 2014年，海上著名书画家韩伍题赠《成德堂》
- 纸本　纵32cm　横97.3cm
- 钤印：韩伍书画、大吉羊

笔法极为概括简洁而又形象，敢于夸张，风格飘逸，无拘无束。他们在绘画上的杰出成就，为中国水墨写意画开辟了新的境界，从而对之后的林良、徐渭、朱耷等都产生了深远的影响。

《四声猿》猿鸣三声泪沾裳，何况四声。这部由明代大才子徐渭编著的四部昆曲短剧，我开始也是被其动人的文字所吸引，故而详细看了全剧，殊不知由此对中国古代戏曲开始热衷，在书画市场上也自然而然地对相关戏曲艺术的绘画作品关注起来。

多年后的一场书画拍卖会，我有幸与一幅以梅兰芳京剧艺术人物为题材的《宇宙锋》作品结缘，也是为了更了解《宇宙锋》的剧情，我不但寻找书籍进行阅读，还特意买了一张梅兰芳演唱的《宇宙锋》黑胶唱片。从书画艺术跳到传统戏曲艺术，其结果是让我多了一样增添生活情趣的雅好。《宇宙锋》是梅兰芳先生偏爱的一出戏，这出戏的剧情虽然简单，但角色的内心活动却异常丰富，梅兰芳先生通过不断地体会剧情，揣摩角色的心理，将演技提高到新的高度，让"梅派"

2013年9月，作者拜谒王阳明墓　　2013年9月，作者拜谒徐渭墓　　　　徐渭墓冢

拜谒王阳明墓

字正腔圆的唱腔给听者留下了极深刻的印象，终使《宇宙锋》成为他的一部戏曲精品。每当我看着画，播放着唱片，就有身临其境、妙不可言的感受。

文化的延伸绵绵不绝，从过去延伸到现在，再从现在延伸到未来，周而复始，生生不息。

正是有了这样的学习过程，我不经意间掌握了一种学习规律。就好似我倚靠在一棵硕大的树上，却为树干中陡然绽出的青绿所好奇，抬头仰望，分明见到了葱郁繁茂的枝丫，再步行到远处观望，才发现我的眼前居然是棵古木参天的大树，而大树的后面则是浩瀚的森林。

学习之态，始发于心源。因为追慕，所以曾多次前去徐渭与王阳明的墓前焚香拜谒，或许想从潜移默化中获得更深层的感应，从而进一步升华自己。

也想在本章的结尾，以一幅戏曲人物的插图，对兼着戏曲艺术家身份的徐渭，奉上我深深的敬意。

宇宙锋

戊午孟冬直君记尝表演艺术家

梅兰芳先生

吴郡梅华

颜梅华（1927-2022），号雪庵，斋号琴斋。江苏苏州人，出身书香世家，自幼喜读书，嗜丹青，聪明智绝，才情别具。20世纪40年代中期从事连环画创作，师从陈光镒。他尤其擅长武侠剑客和古典等题材，其笔下的侠客男士形象和绘画风格独具特色，新中国成立前，被誉为"连环画四小名旦"之一。有人评他的画：笔墨精到，潇洒脱俗，形神兼备。

- 颜梅华《宇宙锋》
- 著录于《海派绘画大系》上海书画出版社2016年版
- 纸本 纵94.5cm 横43.7cm
- 钤印：梅华、雪庵

十四、

终得"黄钺"

　　我与清中期的书法家黄钺的渊源，还要从我儿时说起。那是我上小学 5 年级时，一天中午放学回家，正走在路上，一辆喷着蓝色尾烟的卡车从一旁的弄堂里急转出来，车上装的都是废品，还一路飘落未扎紧的废纸。我走近一看，见沿途散开的纸片中，有一张印着古代仕女的图片，仕女的姿态画得非常优美，颜色也非常鲜艳。我忍不住捡起来，藏入书包。自己从上幼儿园起就喜欢画画，后来还临摹过许多小人书里的英雄人物。如同不经意中撞见了宝贝，我想象着弄堂里的那家废品回收站里应该还有许多我没见过的宝贝。果然，不久以后，我从那里陆续找到了前文中所提及的那些书籍，其中就有黄钺所著的《美术丛书·二十四画品》。黄钺是清代中期著名教育家、画家、艺术评论家。《二十四画品》是他经过多年实践与探索，对自己在绘画艺术上积累的经验所做的理论概括。

因为喜欢绘画，所以当时便认真地阅读起《二十四画品》来，遇到不解之处，也跑去询问当时的语文老师和美术老师，但都未得到明确的解答，反倒被老师教育道：小孩子要好好读书才对，别去动不着边际的脑筋。

成年后步入艺术品拍卖市场，我就是怀着童年时的那份虔诚，一直默默地关注着黄钺的书画作品，并从黄钺的生平入手，开始对他的书法结构、运笔手法、绘画风格及用印做了系统性的研究。黄钺生长于诗礼之家，幼丧父母，由外祖父母抚养长大。由于外祖父精于绘画评鉴，自幼聪慧而好学的黄钺便深受家族浓厚艺术氛围的熏染，早早喜爱上了绘画。他擅长山水，兼善花卉。乾隆五十五年（1790）庚戌恩科，黄钺在殿试上中了二甲第六名进士，自此开始了他的仕途生涯。嘉庆帝亲政时，黄钺奉旨在懋勤殿行走。懋勤殿是清代皇帝读书的书

《二十四诗品探微》
齐鲁书社1983年版

斋雅室，更是皇家浩瀚图书储存的所在，同时也收藏了大量书画、法帖、印玺等历代艺术珍品。黄钺行走于其间，书画鉴赏水平自然得到了极大提升。从这一时期黄钺所著的《读画》17首诗中可以看出，他对所见到的宋元书画真迹均给予了独到、精辟的论述。在黄钺的年谱中，还能找到有关他于嘉庆二十年（1815）奉旨检校《秘殿珠林》《石渠宝笈》等书画的记载。因职务之便，黄钺得以遍览内府珍藏，鉴别真伪，品评等次，加之其在长期的艺术创作中不断实践，这才为他编著《二十四画品》奠定了坚实的基础。

实际上，《二十四画品》也是借鉴了晚唐时期诗论家司空图的不朽名作《二十四诗品》体例而写成的，书中巧妙地运用了四言韵语的言说方式，论述中国文人山水画的风格意境，从而达到用"诗情"表述"画理"，将诗意与理性并存的目的。在看似独立的山水画格之中，以"气韵"一格统领二十四篇，既能着眼每一品主要风格画境的呈现，又可兼顾贯穿于各品之中的整体追求。《二十四画品》是对中国传统文人山水画意境理论的总结，具有意境美学理论研究的意义。书中所列举的二十四种山水画审美境界，不仅继承了诗画品鉴的传统，也吸收了明清文艺观念的精华，并对创新山水画意境进行了补充，让绘画品评的方式从传统的评论高下转为品其境界。因此，《二十四画品》实际上是将山水理论从风格论提升到境界论的高度，在中国画论史及美学史上起到了里程碑的作用。

从小面对历史上这样一位高人，总希望有一天能得到一件他的大作，以了却多年来的一个心结，这应该也是人之常情。可能是黄钺的书画作品原本就流传得稀少，各地的拍卖市场除了他的一些伪作，很难见得到真迹。直到 2003 年，得知有一件黄钺著录于《石渠宝笈》的山水手卷在北京拍卖，可最后的成交价却高达 130 多万元。须知当时我每月的薪水也就几千元，要在这种收入状况下拥有一件黄钺的作品，几乎是不可能做到的事。

之后又有一件著录于《石渠宝笈》的黄钺山水册页，在北京拍了560 万元。再往后两年，同一套册页再次现身于北京的另一家拍卖公司，并且拍出了 1100 多万元的天价，当时看来此生真与黄钺无缘矣。然而无缘归无缘，我还是念兹在兹。

转眼十多年过去了，却不料迎来了峰回路转。那是 2018 年春节刚过，我的一位朋友因为经济有所宽裕，想买些合适的藏品作为投资，便邀我去上海的一家拍卖公司看预展。在预展现场，我们仔细地观望了一圈，感觉没什么吸引人的作品，正欲离开，忽然撞见一幅约 6 尺的整纸，且通篇乌黑、污损严重的书法笺本卷轴。透过乌黑的表层仔细察看，隐约可见书写着唐代诗人王摩诘的《同崔傅答贤弟》诗文，落款居然是黄钺，我的神经一下子绷紧，心跳也加快。我首先自问这到底是真迹还是伪作，然后静下心来仔细琢磨，想到黄钺本是皇宫里的全唐文馆总纂官，所写的内容又是唐代诗文，符合职业上的审美追求；再细看整体书法形态，感到此作抒发了作者内心的情怀，运笔不

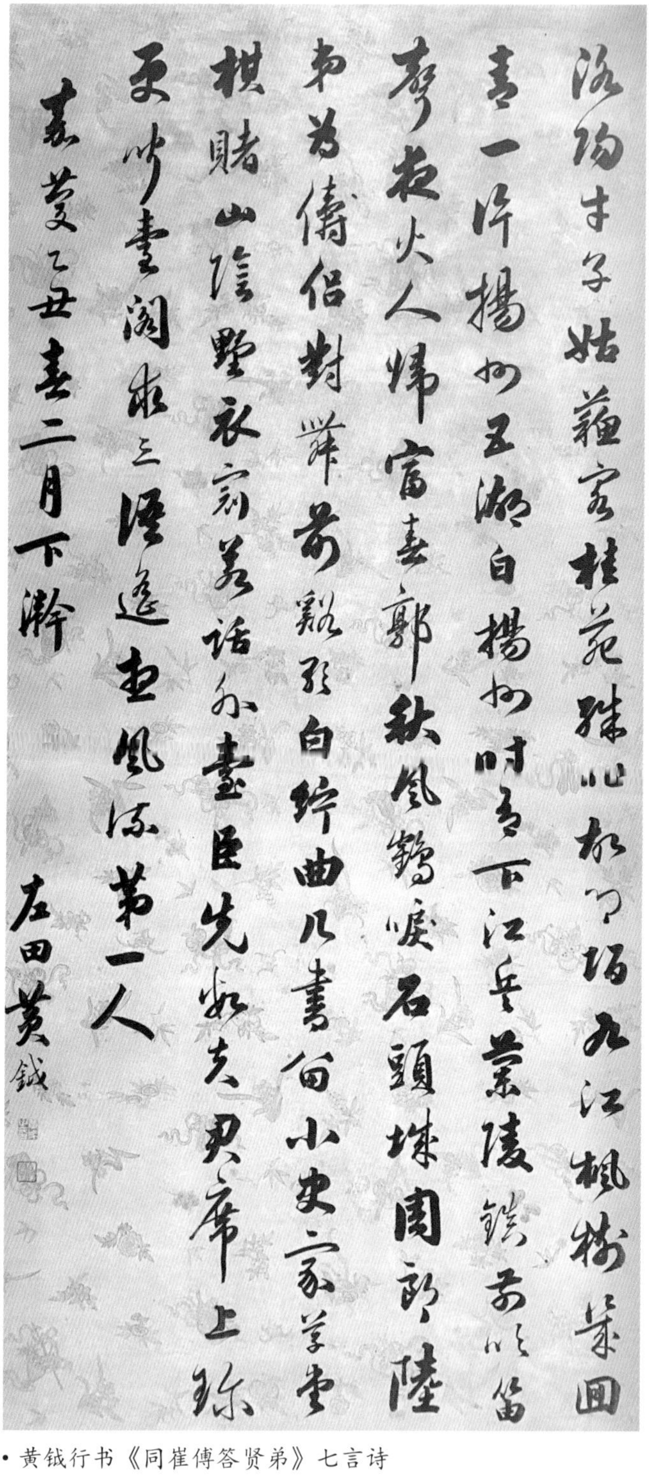

• 黄钺行书《同崔傅答贤弟》七言诗
• 手绘描金暗八宝宫蜡笺　纵182.8cm　横86.2cm
• 钤印：南书房翰林、黄钺之印、左君

修复前的作品

受束缚，身姿舒展而不浮夸，落笔如云烟，神采动人，其用笔、行气、章法、精神、排布，雄劲与秀美兼而有之，完全达到了清中期士大夫书法的最高水准。在几处稍微干净的地方，隐约可见手绘描金暗八宝纹样。纸张是乾隆年间的宫廷蜡笺，整张笺纸尺幅超过6尺，我当即断定乃黄钺的真迹无疑。因为可能是"底子"反铅造成乌黑，所以标价就很低，否则不可能在这里等着我了。

此时我站在这幅墨黑的书法作品前，顿时感觉在乌云密布的长空里，好似骤然划出一道利剑般的闪电，以夺目的光芒刺破阴霾，让我的世界光明了……

可转念一想，今天的邂逅全仗朋友提供的信息，我不能辜负了朋友的信任，就算自己心仪黄钺久矣，也必须让他知晓。于是我如实相告，并向朋友说明了我有修复的密法，届时如果拍成功的话，再请装裱师妥善修复重新装裱，还再三叮嘱朋友务必将这件可遇而不可求的作品买下。

开拍的那天，我临时有事没法去参加，但还是心系"黄钺"。过了拍卖日，我致电朋友，原打算道贺的，未承想朋友却说："这种墨墨黑的东西谁会要？怎么会要我买这样的东西呢？都没人要！"

"黄钺"流标了。

这个结果反过来对我而言，简直是天大的好事。我赶紧去那家拍卖公司，找到了公司负责人，得到的回答却是"卖主已将作品取回去了"。我继而恳请对方向卖主转告我的求购愿意。可此时该负责人忽然变脸说，黄钺这件卷轴现在已非这个价了。接着他报了一个我根本无法接受的价格。赚钱无可厚非，但要合理，我只得悻悻作罢。

心系"黄钺"不知多少年，唯有这次是零距离接触，却被我擦肩而过。之后的那些日子里，我每晚入睡前总要翻开相册，抱着惋惜的心情，欣赏一番预展那天所拍下的这张图片，还不时在心里念叨着，希望以后会在某个地方得以重见。

岁月如白驹过隙，一晃又过了一年多。仲秋的一天，我接待了一位山东旅沪的书画藏友。谈古论今之间，我无意中提及未买到黄钺的那幅书法作品而甚为遗憾，不料这位山东朋友居然与卖主相识，原来卖主也是山东人。这"悄然无声的天赐眷顾"，顿时令我惊喜万分。

顾不得多思考，我当天便联系上了那位山东卖主，讲述了自己在上海与"黄钺"失之交臂的经过，又说起一路思念"黄钺"的艰辛，并告诉对方，所开出的价格只要合理，自己很想得到这件作品。可我得到的回复是，东西不在卖主身边，他已将它存放在北京经营书画的某画廊里了。卖主说，哪天等他去了北京，会再联系我的。

这样又让我煎熬了近半年时间。适逢秋季拍卖来临，北京各大拍卖公司轮番排出了预展时间。我不失时机地再次联系山东卖主，得知他也会去参加这季拍卖，竟兴奋不已。最终我盼来了与山东卖主相约北京、付款交接的日子。

这是我与"黄钺"失之交臂后的重逢，大大弥补了我耿耿于怀那么多年来的缺憾。

作品带回上海后，我立即交到修复师手上，并与他做了详细沟通。类似污损严重而又尺幅硕大的宫廷蜡笺纸，真的不是寻常之辈敢接手的。最终这幅曾被人视作糟粕的无用之物，历经修复师前后三年的努力，终于迎来了回家的日子。

　　经验告诉我，如果要长期在书画收藏领域乘风破浪，除了自己有一双慧眼，身边还须有一位可以巧夺天工的装裱修复师；而在我生活中，就不乏这样一位知己。在与他长期交往与合作中，我曾目睹他使用许多已经失传的技艺，拯救了无数残损的古代书画。这让我为之折服，并忍不住在 2021 年 4 月 11 日《劳动报》风采版上撰文介绍他精湛传统技艺的文章。

　　如今，这幅黄钺的传世作品以崭新的面貌，向世人诉说着这位装裱修复师化腐朽为神奇的生动故事。

十五、

价值洼地

　　19世纪40年代上海开埠，使得沪上工商业得以迅速发展，并一跃成为全国的经济中心。优越的地理位置与特殊的政治环境，赋予上海中西文化交融的独特优势，同时也营造出一个良好的书画交易市场的氛围，由此吸引了众多文人画家来沪发展。这时，有一个巨大的身影也进入我的视线，他就是晚清民国时期盛名全国商界的海上实业大亨，热衷共和事业的绅商精英，一位虔诚的佛教信徒，又被誉为"海上双璧"之一的艺坛奇葩，与吴昌硕、齐白石并称为"中国20世纪写意画三大巨匠"的王一亭。

　　王一亭（1867—1938），名震，号白龙山人、觉器，浙江吴兴人。王一亭早年学画得徐小仓指点，后问艺于任颐，与吴昌硕是一生的挚友。

• 王一亭（1867-1938）《三阳开泰图》
• 纸本 纵136.2cm 横66cm
• 钤印：王震大利、一亭、梓园
• 著录于《白龙山人墨妙》西泠印社
  1928年版；《荣宝斋特刊》第164页，
  2003年。

他不仅是一位绘画大师，也是光大海派绘画的奠基人，一生为海派绘画事业的推动做出了巨大贡献。

2005 年前后，我赴北京参加一次拍卖会，这个专场正是两位海派巨擘吴昌硕与王一亭的专场。整场拍卖会中，我觉得唯一的神来之笔是王一亭《三羊开泰图》，此图著录于 1925 年西泠印社出版的《白龙山人墨妙》，为此我做了充分准备。可惜最终 69 万余元的成交价超过了我的能力范围，让我败兴而归。

未承想几年后，我又在另一次拍卖会上与这幅念念不忘的绘画不期而遇。由于适逢整个经济环境大气候不佳，我竟以更便宜的价格买到了这幅作品，一扫多年积压在内心的不悦。为和这幅盼望已久的作品更亲密接触，我特意将它装入画框悬挂起来，便于时时欣赏。可令我没想到的是，买到这幅作品的故事并未结束。不久后我接到一个莫名的来电，对方礼貌地告知自己是通过拍卖公司打听到我的联系方式，目的是想看一下《三羊开泰图》。我欣然应允。在接待过程中，我了解到此人是浙江一家房产公司的负责人。他仔细地欣赏了一番王一亭的这幅画作，然后提出了令我预想不到的条件：他竟然想用一套他负责开发的地处上海市静安区新楼盘中 75 平方米的房屋，与我置换《三羊开泰图》，原因是他与妻子、儿子的生肖同属"羊"。基于此等巧合之事，他希望我能成全他的心愿。但当时我已被多年来嗜画如命的耿直思维所左右，婉言谢绝了。不过后来上海的房价涨幅巨大，同样出乎我的预料。

尽管我沉迷于收藏，但限于经济实力，知道自己并非真正意义上的收藏家。事后我确实后悔过，将如此两全其美的好事盲目地推托了。从这件事上，我逐渐领悟了收藏的真正定义。就境界而言，首先是对书画艺术的深入了解，从而可以达到提高学养、陶冶性情的目的，而具体的收藏只是手段或阶梯；其次是通过收藏某件特定的作品，既自

《郑孝胥日记》，中华书局1993年版

益，又益人；最后是仅仅满足个人需求，自娱自乐，或追逐保值增值的潜在可能。当然，不是所有收藏者都能轻易登临顶峰，旁人也无权如此要求。譬如自己的藏品遇到真心实意的买家，既能成人之美，又可增加自己财富，何乐而不为呢？

应该看到，不是所有收藏品适合硬扛着而伴随自己一生的。既然客观上这些物件具有投资的功能，那就要对艺术品市场做出敏感而准确的预判。

民国处于新旧文化的碰撞时期，书法被重新定义，许多晚清政治人物在民国时代将书法变成了更为普世的审美，让书法的光芒涵摄到更多的社会生活领域。这其中，郑孝胥的耀眼光芒可谓独一无二。

郑孝胥（1860—1938），福建省闽侯人，光绪八年（1882）乡试解元，投身李鸿章的幕府中历练4年后，被举荐为内阁中书，由此正式进入朝官序列。1923年，经陈宝琛引荐，入紫禁城任末代皇帝溥仪的老师。1932年3月，伪满洲国成立，郑孝胥任伪满洲国国务院总理兼文教部总长。

郑孝胥在书法上的成就曾深受时人的追捧，如大文豪胡适的字就

- 郑孝胥格言书法
- 纸本 纵33.2cm 横134.5cm
- 钤印：郑孝胥印、大夷

是学的郑孝胥，唯涵泳不足，有其瘦劲，而乏其朴茂。当时书坛上还有着"北于南郑"的说法，所谓"北于"指的是国民党元老于右任，而这个"南郑"，即是郑孝胥。由于郑孝胥比于右任年长二十多岁，因此无论名气还是资历，郑孝胥都远胜于右任。当然，作为那个年代的书法大家，其润笔费自然不低。据闻当时郑孝胥的一个字就要白银数十两，而同时期清华、北大教授的月薪不过百十两而已。可见其书法造诣之高，名气之大。我们现在常见的"交通银行"四个字，便是由时任该行行长慕名请郑孝胥题写的，其润格费是每字千元大洋，四个字就是

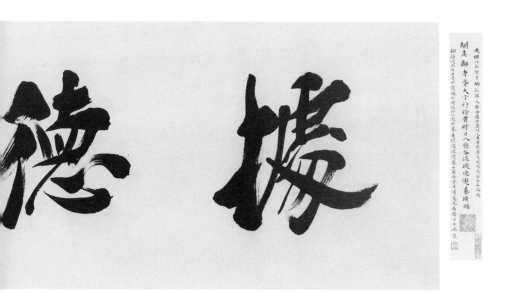

4000元，真可谓字字千金！

辛亥革命后，郑孝胥前往上海定居，这一住便是13年。作为清朝遗老，郑孝胥对民国革命怀有强烈的敌视心理，常为清廷的覆灭而伤感，但又不得不接受现实。在寓居上海"海藏楼"时，郑孝胥靠鬻字卖诗为生。正是在这段时间里，他的书法大有长进，一度达到了个人书艺的巅峰。当然，关于郑孝胥一生的是非曲直，历史早有定论，只不过仅就他的书法而言，其成就在当时也是有目共睹的。然而在历史上，"因人废字"的例子委实不少，其中最为典型的便是宋朝的蔡京和秦桧。就以蔡京为例，曾一度有"苏黄米蔡"的说法，但蔡京本身是个奸臣，所以就将其中的"蔡"改成蔡襄。同样原因，曾在伪满洲国就任高级官职的郑孝胥，自然须背负类似的"尴尬盛名"，不足为奇。毕竟人生之路是他自己选的，一旦走歪，落得骂名也是自找的。

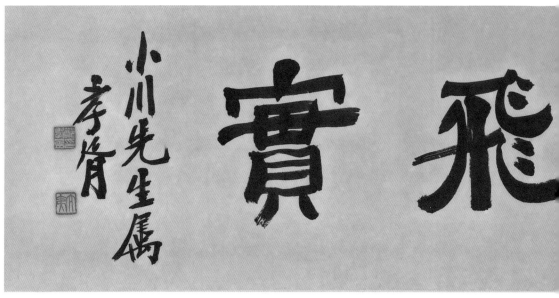

- 郑孝胥格言书法
- 纸本 纵40.6cm 横132.3cm
- 钤印：郑孝胥印、大夷

在当今能同时见到郑孝胥的大字行书与隶书匾额，实在是清气扑面而来。"据德游艺"四字出自孔子《论语·述而》，意为"志于道，据于德，依于仁，游于艺"。以作品上的上款人为线索，通过《郑孝胥日记》，可以考证出本幅匾额作于1928年初秋，系郑访日时书赠给日本著名汉学家盐谷温的。另一件"腾声飞实"，则出自刘勰《文心雕龙·序志》，意为"传扬名声与功业，谓使名实俱得传扬"。此幅书法是我旅日期间直接得自日本著名的地理学家、汉学家，小川琢治的后代。从这幅淳古厚重风格的书法作品中可以看出，郑孝胥的隶书以取法汉魏为主，笔力遒劲，结体方整，气象浑穆，雄强刚健，其整体风格多似东汉名碑《西狭颂》。郑孝胥在隶书上下的功夫最多，受益也最大。

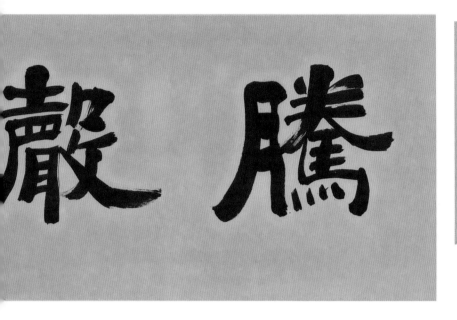

　　上述两位日本著名学者早在之前与郑孝胥的书信往来就已结缘，并结为好友。好友请求写格言匾额，郑孝胥念及多年友谊，一时兴致颇高，而自然流露往往成就上乘佳作。郑孝胥楷书和行书的独特风格及所取得的成就，同他对隶书的深入研习是密不可分的。白蕉在《云间言艺录》中论及郑孝胥的书法时云："隶分一路，近代惟推郑太夷。"

　　民国书法与今日的审美多有契合之处，却写出今人难以写出的奇趣，所以深受收藏家的追捧，近年来更是逐渐成为书画收藏的热点。作为文房这一私密空间的核心内容，格言书法不仅字体大，书家能挥洒的天地开阔，像郑孝胥这样一位身经清朝、民国两代有故事的人物，他笔下的大字格言书法，有饮陈年老酒浸满了全身、发自肺腑、沁人心脾的感觉。

吴石仙（1845—
1916），名庆云，字石
仙，后以字行，晚号泼
墨道人。南京人，流寓
上海，系中国近代海派
画家。吴石仙擅山水，
所绘山水气势雄厚，丘
壑幽奇，初不为人重，
既赴日本归，乃长烟雨
法，墨晕淋漓，烟云
生动，峰峦林壑，阴阳
向背处，皆能渲染入
微。故其晦明之机、风
雨之状，无不一一幻现
而出，别出机杼，故在
当时有耳目一新之感，
尤为沪上粤商所喜。吴
石仙居沪时，早年参加
了沪上著名画会"萍花
书画社"，与吴大徵、
顾若波、胡公寿、钱慧
安、倪墨耕、金心兰、
吴秋农、陆恢诸名家并
称为近代国画中的"萍
花九友"。

晚清、民国时期还有许多在艺术造诣上堪称一流的书画大家，但在过去很长时间内却不被重视，究其原因，一是受赚钱效应的影响，致使商家对少数书画家及他们的作品进行过度炒作，客观上冷落了其他真正有艺术造诣的同道者；二是受地域文化制约，一些省市只醉心于辖区内名人名作的研究和包装，视野以外的多以排斥为主；三是有些书画大家的名声在过去就如日中天，其后伪作横行，而当时的造假水平即便放到现在也很难辨识，因此为了赚快钱，少有人愿意去深入研究，故而还是选择放弃为宜。

我曾受市场因素的影响，一度也是紧盯着名气大的，而忽略了名头偏小的，尤其对那些被历史长河湮没的一流书画家，更是不甚了然。然而是真金总会闪光，在发现艺术品价值洼地的同时，我开始系统研究起晚清至民国初期的一些书画名家，只要有关这方面的书籍，我都会尽可能多地去阅读和了解，特别是他们各自的艺术特点。其中有一位晚清画家吴石仙，就这样无可避免地出现在我的认识范畴中。

吴石仙早年学习四王山水的技法，之后东渡扶桑，接触到西洋绘画技巧，并通过在绘画中运用融合透视与光影的变化，自成一格，从而成为画坛上"新国画运动"的先驱者之一。在晚清的上海画坛，吴石

● 吴石仙《墨龙》
● 著录于《海派绘画大系》，上海书画出版社2016年版
● 纸本 纵133cm 横67cm

仙的作品深受时人的喜爱，沪上的富商们争相购买他的画作，街头巷尾乃至厅堂楼阁等都挂着他的作品。他所画的山水气势雄厚，丘壑幽奇，会形成一种独特的古雅明丽的美感。据闻，吴石仙作画时，先置水缸，将纸湿至潮晕，然后用笔涂出云烟。由于纸张似湿非湿，墨一上纸便洇开，其范围取决于作画者下笔的尺度，或先重后轻，或先轻后重，其效果是墨晕淋漓，烟云生动。因此，吴石仙晚号泼墨道人。而在他的绘画履历中，我所看到的还是以山水之类的题材居多，但在一次拍卖会上，却眼见一幅吴石仙所绘的墨龙。那一刻，我被震撼到了。作为泼墨之作，大多以远观之景作为描绘对象，画势浑厚而不乏朦胧笔触的加入，以使意境更趋朦胧。吴石仙本就善用水墨，深谙变化之意，他泼墨成云，噀水成雾，那种洇开的效果在画墨龙时，只见龙头、龙眼、龙须，乃至龙身、龙鳞，都浓淡得分出层次，神龙现首，挺拔侧首的盘屈伸张，点画中用犀利的龙睛与你对视，有一种势不可挡、雄霸天宇的盛世气象。吴石仙的这幅墨龙，让我相信了这世间真有龙的存在。

可就在我决意买入的那一刻，却有人问我怎么买这种画，我则坦言："价值观和艺术性不同，实属正常。"面对如此鄙视一位晚清民国时期大画家的人，我十分费解。因为在我的收藏理念中，书画家无论名气大小，大凡其作品是耐人寻味的精品，就值得收藏。这幅达到中国古代绘画"妙"本美学范畴的作品，后来被上海书画出版社收录于《海派绘画大系》之中。

这些年，我时常在书房内泡上一壶香茗，欣赏自己多年积累的收藏，时而与古人对话，时而又沉思遐想，豁然贯通时还会奋笔疾书，将自己读古书、识古人、看古书画的心得发表在报刊上，与众人分享。

十六、

买到真迹，买到赝品

2019年底，我与好友相约赴杭州参加一家拍卖公司15周年庆的拍卖。预展现场陈列了上千件书画作品，在诸多的拍品之中，我被一副写在同治时期手绘描金"太师少师"朱红宫廷蜡笺纸上的手泽所吸引，书者为曾国藩。作品虽历经岁月流逝，却依然亮丽如新。纵观上下联，书体结字平正刚直，丰润自在；墨色乌黑光洁，笔力强劲而饶富韵味。整个作品将笔画"疏处可使走马，密处不使透风"的美学观念体现得淋漓尽致。我心里不由赞叹，如此精美绝伦之作，品相之完美，实在难得一见，继而有了购买的冲动。但转念一想，这样的精品竞争一定会异常激烈，而我的藏品中已有好几件曾公的书法，如此心下不禁没那么荡漾了。

- 作者送拍前预展时，与之合影
- 曾国藩楷书七言联
- 手绘蜡笺 纵171.5cm 横33.5cm
- 钤印：国藩之印、涤生

作者最初调阅时所记录

正在思忖之际，我发现站在这副楹联前观赏的人越来越多了，他们三五成群地讨论着。走近一听，未承想他们居然一致判定这副对联是旧仿的。

刚回到酒店房间休息不久，门铃响了，来者是一起来杭州的两位好友，怎料他们开门见山，首先询问的便是我对那副曾国藩书法楹联的看法，原因他们也想购买，但当时被现场的议论所扰，有些举棋不定了。因是好友，我便知无不言，并多角度地对这件作品进行了赏析，肯定了它的真实性。怎奈我人微言轻，好似再怎样用心引导，感觉他们仍对我的说辞将信将疑，当时欲说还休的心情真的难以言表。多说无益，我只能沉默。

少顷，其中一位朋友不知出于什么目的，提出让我合伙参与他们的这次买卖。我当即不假思索地应允下来，但前提是由我来举牌参加竞投。事后想来，朋友的用意也是不言自明的，就是看我有无确定的判断。

等到正式拍卖的那天，我早早地来到调阅处，第一次和这件作品来了个零距离接触，未承想从作品的包装一直到其文字记述所透露出来的信息，更使我惊喜连连。原来，这副曾国藩的楹联曾于20世纪40年代被汪伪政府官员当作礼物送到了日本，后几经辗转，由长野县"轻井泽高原文库"作为馆藏文物保管。如今看来，其流落的过程尽管屈辱，可也从一个侧面证明了作品的真实性，谈何旧仿！

当天它的起拍价是 20 万元，经过多轮竞买，拍卖师终以 57 万元为我落槌。而这个价格，恰好未超出之前我和朋友约定的承受范围。

既然是合作投资，这件作品就须再次投入市场，以产生利润。于是翌年 10 月，它在北京的一家拍卖公司二度登场，彼时的最终成交价定格在 172.5 万元。那晚是我和朋友的"大美之夜"，同时对我也是"考试之夜"，收场时我给出了一份令自己满意的完美答卷。

记得在我弱冠之年，参加过一次小型拍卖会，会上我买了一件自己相中的山水人物画。因为当时还在工作，花的近 4000 元人民币也是辛苦挣来的，非常不易，可回家后经过一番仔细研究，发现此画系赝品。我身边有位朋友，事先见过这幅伪作，可能是出于喜欢，在不知情的情况下欲向我求购。我则坦言，不希望他再次上当，可朋友还是要求我相让。

彼时我就明白一个今时不同往日的道理，这样的事情发生在自己的朋友身上是不足取的，今后他可能因为后悔这次交易而造成彼此的芥蒂。赝品终究是赝品，什么时候都没法洗白，这就像无意中张嘴吞下了一只苍蝇，尽管不致命，可那种恶心却永远存在。为了给自己一个警醒，我决定将此作付之一炬。那晚，我看着燃烧的火光在面前晃动，眼眶也随之湿润了，不单是心疼来之不易的血汗钱顷刻化为灰烬，还为"自以为是"的轻率决定和自身辨别能力的缺陷而悔恨不已。这次教训着实警示了我很多年。

在吸取教训之后的十多年里，我的确严谨了许多，殊不知风平浪静久了就又放松了警惕。事情发生在一次翻看拍卖会的图录时，我看到刊有一本 12 开的山水册页，尺寸不大，印在图录上有些模糊，但因为起拍价格不高，我便决定去现场调阅后参加竞买。到了现场，得知那件拍品要在晚上进行拍卖，中午我去调阅处时，见到那里人头攒动，一时无法调阅。就在此时，我接到挚友的电话，说他的新居公寓刚装修好，想邀我当天参加他在新居的聚会。我本以为是晚上的事情，就欣然允诺，但未承想不多会儿，好友已亲自到拍卖会现场来接我。真是盛情难却，非得跟朋友走不可了。随即在没有见到自己所要购买的拍品时，我就填了份电话委托单参加竞投，然后匆匆离开了拍卖现场。我没太把那天的拍卖会当回事，想必是认为如此一件小尺幅的山水册页被仿冒的可能性非常小。就在要离开时，我还意外地见到之前提到的、我熟识的画廊店主，思量着曾向他买了这么多画，应该可以帮我审定一下作品真伪，就相托他帮忙调阅和确认一下，不料却被对方婉言拒绝。那时顿觉有向隅之感。

借助电话委托竞投，最终这本册页被我买到了。第二天，我去办理付款交接手续，可当我打开册页看到第一幅画的瞬间，便意识到这是一件赝品。此时再抱怨已无济于事，我清楚这本册页要退回卖家是不可能的，可我还是想试试。我与拍卖公司交涉，言明这本册页有问题，想以损失佣金的方式达成退货，但被拍卖公司拒绝了。

在同一问题上又犯了无可挽回的错误，这说明像上次那样付之一炬还不够使我警醒。这一回，我干脆替这件赝品配了红木画匣，置于书房的书架上，以便时时看见，时时反省。

记不得过了多长时间，上述这家卖给我赝品的拍卖公司派人来寒舍，他们的本意是看我有否可供下一季拍卖的藏品。闲聊了没多久，来者便注意到了书架上所摆的这幅赝品，脸上稍有愧色。等我们结束交谈，想不到他说："这样吧，此作继续给我们公司上拍，你看好不好？"

这当然好，至少于我可以有一次免受损失的机会。这本来就是我希望看到的结果。

后来的结果是这件仿制品再次被拍卖公司顺利脱手，就是不知这回的冤大头是谁，但我的一个心结总算解开了。自此之后，无论有多少条理由，凡是参加拍卖竞投，我一定要亲自到现场与拍品直面交流，哪怕路途再遥远，作品图录再吸引人，也要恪守宁缺毋滥的原则。相反，若是没有做过详细考证与研究，草率买入，其结果等同于对自己开玩笑，再以此流传给后人或靠其获利，那更是对家人及社会的不负责任。

在艺术品交易市场上，感觉买到赝品的大有人在。我收有一徒，其热衷于艺术品收藏的热情绝不亚于我，也是拍卖会上的常客，只是我平时并未注意到他。因为我的每次举牌报价都恰到好处，如果是看中的某件拍品总能志在必得，于是他对我特别留意，并一直默默地关注着我。后来凡是见到我在拍卖现场时，他索性坐到我的身旁。时间久了，他居然成了我的朋友。我也似乎从他的身上，看到了自己当年的影子。

记得我刚步入拍卖市场时，也像这位小伙一样，对具有一定经验和经历的前辈都会谦虚请教。尽管我平时从书籍中了解了不少知识，但毕竟缺乏实际的历练。为了提高自己的鉴赏能力，我甚至在一次求教潮州籍画廊店主的过程中，被他当面称呼为"下水人"。他说的"下水人"，翻译成上海话，就是"垃圾瘪三"。店主不知道我母亲也是广东省汕头市人，我从小就听得懂潮汕话。当店主说我是"下水人"时，以我过往的个性，肯定会当面点穿，但那时我却显得异常平静。书读多了，就需要从诸多典籍中汲取精髓，使自己的气度与胸襟变得豁达，脑子更智慧。小时候在棍棒下虎口脱险，此后在学习中又闻骂声，何尝不是好事。

经年之后，我在苏州"沧浪亭"内正式收小伙为徒。我有过当面被人骂"下水人"的经历，不想同样的事情再发生在徒弟身上。

一次，徒弟邀请我去看他多年来的藏品。当徒弟兴冲冲地拿出"如数家珍"的收藏品时，我被堆积得满屋的赝品惊到了。徒弟家里的藏品加起来有上百件，在我看来大都是工艺品。

徒弟在银行任职，平时收入不错。他秉性

忠厚，就是脾气太犟，辛辛苦苦积攒的钱，平日里省吃俭用，却为了贪图便宜，买赝品买上了瘾。他所买的这些赝品不但养活了造假者，而且助长了造假者的气焰，他们会周而复始地造出更多的假货，来迎合贪图便宜而又抱着捡漏心理的人。

类似情况其实并不在少数。一位做过房产企业的朋友，曾向我自豪地炫耀他家里有近千件书画，并请我前去参观。我大致地看了他的"精心"收藏后，忽然想起多年前发生过的一件事，顿时欲言又止。记得有一次，因为我说了实情而得罪了一位初入此行的陈姓朋友，为此，他还较真地上了某纪实频道，请知名的拍卖公司来为他求证。令人想不到的是，这家"百年老店"居然给出了"确真无疑"的答案。从此这位陈姓朋友再与我打上照面，他看我的眼神中流露出的那种"刻骨仇恨"，让我幡然醒悟：类似直言不讳的性格是会给自己带来不必要的麻烦。时过境迁，我又无意中从好友处得知，陈姓朋友终于在几年后"恍然大悟"了。他用400余万元买了教训，而我也得了个"幡然醒悟"，真所谓"少言者不为人所忌"，此后彼此视若陌路。

其实在房产商好友收藏的近千件书画中，仅百来件是真品，就算这百来件真品，在我看来也是可有可无的。值得反思的是，昔日他在商场上努力奋斗，换回的却是满屋子不值钱的东西，而且从他打开每一幅卷轴时那种小心翼翼的神态中，我分明看出他有多么执迷不悟。

因此，购买藏品时，不要迷信大的或知名的拍卖公司。同样，在学习研究时，也不要偏信拍品起拍价高就拿来作为判断的依据。当下有些赝品往往卖得比真迹还要贵，假货的大行其道是目前普遍存在的现象，这说明我们的艺术品市场还处于初级阶段。书画艺术在过去，是有着深厚文化底蕴的文人雅士的专利，而现在引导艺术品交易方向的，则多半是由资本说了算。资本有趋利的属性，可以不在乎真伪，只要达到目的就行。善良的人们务必慎之又慎！

这一路走来，绝对是一个自我教育的过程，而过程皆来源于真实生活中的经历，唯吾日三省吾身，则自明而行无过矣。

十七、

天意不弄人

　　一次本未安排在行程中的游历，却让我和晚清重臣李鸿章一副造句经典的行书楹联不期而遇。楹联的书法艺术形式鼎盛于清代，楹联讲究情致，或励志自勉，或富贵堂皇，或见景生情，或暗喻世态炎凉，其魅力在于对仗工整，平仄协调，言简意深，因具有实用性和鉴赏性而久盛不衰。从本书中收录的诸多我所收藏的历代名人手泽的楹联，就可以看出，我对楹联有着非同一般的喜好。

　　夏季是出游的好时节，一直以来我都有每逢 7 月就去九华山拜谒礼佛的传统，其中有一次，在成行前被两位好友得知后，也欲随行，便相约一起驱车前往。这一路，三个家庭的孩子又适逢暑期，真的是欢声笑语、热闹异常。

作者摄于2012年7月南浔懿德堂正堂

通过两天的跋山涉水，大家似乎仍没尽兴，本该早早返回的行程，一再被不断更新的出游攻略所改变，于是我们又相继涉足了多个景点，直到南浔游玩成为此次巡游的最后目的地。

对于南浔古镇，我素有耳闻，只是一直未曾谋面，故对于此次旅程，我也是饶有兴致的。南浔历来有"文化之邦"和"诗书之乡"之称，也因坐贾行商、富甲一方的"南浔四象"而闻名天下。那日，当我信步来到"南浔四象"之张钧衡（字石铭）府上时，被其正堂内一副由晚清宣统帝师郑孝胥用尽华丽辞藻、集字成文的一副抱柱联所震撼，一时沉醉其中："罗浮

160

括仓神仙所宅，图书金石作述之林。"所谓"罗浮"，指的是广东惠州境内的罗浮山，"括苍"是指浙江临海境内的括苍山，东晋时期道教理论家葛洪所著的《神仙传》有云：此二山乃是神仙往来出没之所在。楹联的下联喻指人生爱好，书据百城、金石篆刻，写书著作问世于众，如此这般是何等高雅！高级，我的收藏格言就是"只买高级的"。全文巧妙地运用了房屋主人的社会地位、居住环境和生活中的雅好，进行充分而形象的概括。此联在如此绅商巨富之家的正堂中高悬，既符合主人的身份地位，又不失书卷典雅之气，实在是珠联璧合。试想，现在如拥有一副这样名句的名人楹联，那是万不可能的事情。困惑之时随即又想起年少时的忘年之交石生金老先生，如果他还在世的话，我肯定会求他也为我写上这么一副，以慰藉我心头的意难平。

怀着意难平的心情，又过去了几年，一次受友人相邀，共赴杭州参加各类艺术品拍卖活动。我认为这是次很好的学习机会，特意带上徒弟，以便让他到现场实地观摩，增长见识。我们在杭州共计待了五天，日程排得满满的。可在首日入住酒店休息时，徒弟旁若无人般地鼾声如雷起来，扰得我整夜满是恨意，无法入眠。转眼间已经凌晨3点多了，我已睡意全无，被逼无奈，我只能拿起移动电话上网度时。可刚打开拍卖信息网，一副由李鸿章书写的和之前南浔张家所见的抱柱联一样内容的书法楹联闪现在眼前，我顿时正襟危坐仔细端详，即刻认为这是李鸿章晚年由衷抒发情怀、深得古法神韵的佳作。只见整副用行书书写的楹联，饱满雄浑又不失温厚稳健，气韵畅达且充满灵动，从行字的内敛可以看出其为官处事之道的圆滑，字如其人分毫不差。相比之下，反倒比先前所见南浔张家的那副，有过之而无不及。再一看时间和拍卖地点，原是北京的一家拍卖公司组织的秋季大型拍卖，拍卖时间偏巧就在我这 5 天杭州的行程之内，原来马上就要开拍了。但事先安排好的这紧凑的 5 天行程，我是不可能再到北京去的。如此便一时情急地只盼天亮了。

终于盼到天光大亮的工作时间，我马上联系这家北京的拍卖公司，办妥了电话委托，并索要了该作品的高清大图，再做仔细甄别。正如我之前所预判的一样，是我梦寐以求的经典造句，亦是我梦寐以求的名人手迹。之后我就怀着势在必得的情绪，静候着开拍的那天，想着如何将其收入囊中，以慰解我多年来思绪中一直隐约围绕着的那份意难平。

正式开拍的那天，我边看着拍卖网络的视频，

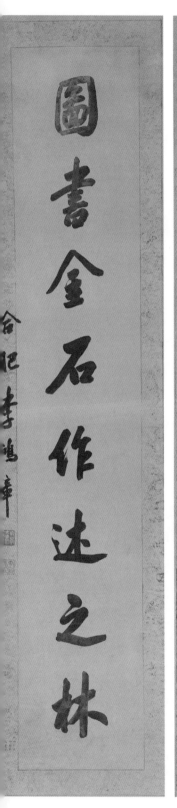

李文忠公行书八言联 四寶齋雲纹腹成 德堂王瑋珍藏 下

李文忠公行书八言联 四寶齋雲纹腹成 德堂王瑋珍藏 上

李鸿章（1823-1901），字子黻，一字渐甫，号少荃、仪叟。安徽合肥人。道光二十七年（1847）进士，授编修，累官两江、湖广、两粤、直隶各地督抚，北洋大臣、太子太傅、文华殿大学士，戴三眼花翎、一等肃义伯，工书法，奏章与恩师曾国藩有双璧之誉。与曾国藩、左宗棠、彭玉麟并称为晚清"中兴四大名臣"。李鸿章与俾斯麦、格兰特并称为"十九世纪世界三大伟人"。逝世后被清廷追赠太傅，晋封一等肃毅侯，谥号"文忠"，世称"李文忠公"。

• 李鸿章书法楹联

• 笺本 纵169.7cm 横40.5cm

• 钤印：青宫太傅、大学士肃毅伯、李鸿章印

163

边等着委托电话的来临，焦急的心情好似电话会从身边溜走似的。最终真的是天意不弄人，如我所想如我所愿，在合理的价位内顺利买到。我心花怒放之余，同时也反躬自省了一下：试想这次杭州之行，要不是徒弟的鼾声如雷，逼着我上网查阅消遣，这在外的五天琐事缠身，我是绝不会想到要上网查资料的。如果一时错过，事后才被我知晓的话，必将悔恨莫及。如此想来，颇觉徒弟的鼾声别有寓意，遂恨意全无。

买到作品后，我马上向这家拍卖公司支付了款项，却没有马上安排去提货，因为两个月之后，我又要赶赴北京参加一场拍卖会，就想着届时一起办理。如此过去了好些天，在偶然的一次和朋友相聚的聊天中，好友告知我所交易的这家拍卖公司即将倒闭，让我赶快去提货，一刻都不要耽搁，以免横生枝节。真的是骇人听闻，我想如此闻名的拍卖公司，在中国可以算得上是精英中的楷模，哪里会说倒闭就倒闭。我开始以为是谣言，但还是怀着忐忑不安的心情再四处打听，果然这是个真实的消息，并且已在行业里传得家喻户晓了。我想再也耽误不起了，不要最终弄个人财两空，于是随即买了当天飞北京的来回机票，并联系了对方拍卖公司负责人，约定了时间在机场交货。

对方公司的人没有爽约，在机场候机大厅的僻静之处，我顶着墙壁打开了这副对联，不但再次确认了真迹无疑，而且品相也近乎完美，这时我的心才算完全踏实了。在几小时后的返程飞机上，我手捧着"罗浮括苍"，望着机舱外形态各异的白云所构成的云海，好似真的见到了各路神仙在相互往来，或奔赴远方，或荟萃于天上人间。

　　天上地下神仙所宅，皇家园林所在？江南园林所在？世外桃源所在？不禁令人无限遐想……

十八、

福有所倚

那是十多年前，我在一家书画拍卖会上见到一副清代李宗瀚的书法楹联。李宗瀚是清代中期著名书法家、收藏家、文学家，我对他仰慕已久，而且我还在拍卖现场得知，这副楹联原是上海博物馆的馆藏品，属"文革"后退还给原收藏者的。我参与了这次竞拍，可由于事先准备不充分，最终这副楹联以 10 余万元的成交价被人买走。我彼时的心情还有些沮丧。谁知 10 年后，我在另一场拍卖会上见到了这副当年与自己擦肩而过的楹联，我下了决心，想以合适的价格尽可能买到。结果令我未想到的是，10 年前 10 余万元的楹联，这次竟以七折的价格到了我的手里。如同梦幻一般，又好似上天眷顾，有些事情满怀着希望去努力争取，而没有争取

圓邁於豐防儉於逸

不雕其朴用晦其明

春湖李宗瀚

服籽年姻世長雅鑒

成德堂白雲玉瑋珍藏 下

成德堂白雲玉瑋珍藏 上

李春湖行書八言聯 手繪雲龍紋文珠枚紫色宮蠟箋

李春湖行書八言聯 手繪雲龍戲文珠枚紫色宮蠟箋

- 李宗瀚（1769-1831）行书八言联
- 手绘云龙纹宫蜡笺
- 纵172.5cm 横38cm
- 钤印：静娱室、宗瀚印信、李氏公博
- 原上海博物馆藏 编号：丂60918/1

167

到也未必是一件坏事。就像一对情侣，一定是在对的时间和对的地点遇上了，才会成就最好的姻缘。

最终，这七折的谜底还是由拍卖公司的负责人给我解开的。原来这件藏品的主人过世了，这次是他家人拿出来委托拍卖的，拍卖公司给这副楹联定了起拍价，在拍卖时没有保价的状态下，才被我顺利买走。

这件事还让我感悟到，自己在从事收藏的同时，一定要让家人知晓买来的这些字画的价值，不仅是买入时的价值，还包括它们未来可能的价值；要不然，如果稀里糊涂地留给子孙，子孙也会稀里糊涂地卖出去。这些字画是我省吃俭用，一件一件地集聚起来的，我也要清楚明白地向子孙传授，不能瞑目的事干万别去做。诸多收藏者或许没法完全复制我，却至少可以明了过程的不易。有可能这些字画在后代的眼中就是个老物件而已，只有当他们真正懂得这些收藏品的内涵和价值，才会更体现出我是在做一件有意义的事。

在朵云轩任职的一位老前辈，有一次为检验我的鉴赏能力，让我只看了一件作品的其中一个字，便试问我这个字是什么时期写的。我也仅瞟了一眼，告诉他应是宋朝。老先生愣了一下，向我投来了诧异的目光，接着悻悻地说是"南宋"的。南宋北宋，都是宋呀。我看了一眼就给出大致正确的判断，让老先生感觉玄而又玄。谁知他继而又认真了起来，思量着要给我谋一个高级职称。我笑笑，说自己读书只读到初中二年级肄业，真正的学历才小学六年级。诸如评定高级职称以我的学历而言，是从未想过的事情。此事也让我感悟到，用持之以恒的热情去做一件自己喜爱的事，以"不辞梯山求异品，更从航海获奇珍"的学习精神，不计成本地提升自己。这样获得的知识与能力，在实际运用中，多半与高学历、高文凭、高职称没有直接关联。我的一位高学历的朋友阐述得更直率，他鼓励我说："自学的人在读书收获和成功方面，往往能超过受过专门教育的人，这是因为他们的目的明确，愿望强烈，深知自己要研究什么，要读哪些书。"

是的，多年来，我的床头柜上总会置放历代名人书画的出版物，每每临睡前，配合着台灯柔和的灯光，我醉心于书画鉴赏知识的学习，甚至还常常潜心阅读至东方既白而不觉。经验告诉我，鉴赏力唯有依靠多读书，多看历代传世真迹来取得。董其昌说过，读万卷书，行万里路。我以为这句话可以归纳为"阅历"两字。只有当一个人有了丰富的经历，才不会胆怯于莫测的环境。我刚进入收藏领域也是懵里懵懂的，原因无非是相关的积累很不充分，才导致易受各种社会环境因素的影响，产生盲从与不自信。补充我前文所总结收藏的"四个要素"：财力、鉴赏力、运气和胆识。财力固然重要，但必须从自己的实际情况出发，我崇尚的是"不买贵的，只买对的、有意义的和高级的"。不过这样的着眼点对艺术知识和鉴赏力都有着很高的要求，需要在长期的学习环境中铢积寸累。至于运气，就好像是定数。而胆识往往建立在对未来市场趋势的敏感和准确的预判。收藏不是做收货员，就算作为文物商店的收货员，也不会对世间的每件古物都了如指掌，要做到样样精通谈何容易。在我看来，用有限的生命去追求无止境的知识，就会陷入困境。要掌握所有事物的真相确实很难，但如果

- 清 恽万里《洞天一品》
- 设色绢本 纵25.3cm 横32.6cm
- 钤印：立甫、恽

依托自然天性，在有限的人生内，于部分领域做到尽可能的好，这应该不是奢望。

有些人注定要在孤独中积蓄力量，熬过一段不为人知的艰难岁月，然后就像火车驶出隧道，温暖和光明一下子扑面而来，那时才发现，原来世界可以如此和颜悦色。

现在的我仍在路上，每天都过得很充实，带着求知未来的心奋进地活着。人生最好的境界是丰富的安静，可在内心修篱种菊，又不必刻意回避车马的喧嚣。

十九、

修复对收藏的重要意义

一幅字画作品完成后，仅仅是完成了在纸上作画或者书写，这张纸是无法悬挂的。即使摆在镜框中，也必须经过装裱。

所谓装裱，也叫装潢、装池、裱背，是中国特有的一种保护和美化书画的技术，它是以各种绫锦纸绢，对古今纸绢质地的书画作品进行装裱或保护修复的一种技艺。装裱就是先用纸托裱在书画作品的背面，再用绫、绢、纸镶边，然后安装轴杆或版面。成品按形制可分为卷、轴、册页和片，经装裱后的书画、碑帖便于收藏和布置观赏。

在宣纸和绢素上所作的书画，因其墨色的胶质，画面多皱折不平，易破碎，不便悬挂、流传和收藏。只有经过托裱画心，使之平贴，

赵光（1797-1865），字蓉舫，号退庵。云南昆明人，清代官吏，诗人、书法家，官至一品。嘉庆二十五年进士（1820），选庶吉士，授编修，迁御史、给事中，转光禄寺少卿，五迁内阁学士。历仕工部尚书、兵部尚书、户部尚书、吏部尚书、刑部尚书，卒谥"文恪"。赵光与陈孚恩、祁寯藻、许乃普在清代被誉为"四书家"。其书法学董其昌，笔意凝练圆润，海内知名。

- 赵光行书八言联
- 洒金蜡笺纸
- 纵227.5cm 横46cm
- 钤印：赵光私印、蓉舫

修复前的作品

再依其色彩的浓淡、构图的繁简和画幅的狭阔、长短等情况，配以相应的绫锦纸绢，装裱成各种形式的画幅，使笔墨、色彩更加丰富突出，以增添作品的艺术性。

原装老裱固然重要，那是对保存得当、品相相对完好的作品而言的。品相好的原装老裱作品所体现出的完美历史感，的确弥足珍贵；反之，如果一些老书画发生空壳脱落、受潮发霉、糟朽断裂、虫蛀鼠咬等现象，原装老裱多半没有留存的必要了。

我是个有洁癖的人，这样的习惯是因我当年在工读学校住读，有过半军事化的生活所养成的，日后也自然而然地将"爱干净"的这个癖好运用到生活和收藏领域。我对原装老裱的企望并不是很高，假如因污损影响到字画的品相，一般都会拆除了重新装裱。这样的做派无意中倒有些像是从书画大家吴湖帆先生那里学来的，但我的装裱要求和收藏思路只是碍于对作品本身的污迹难以容忍。

对老画的拆除重新装裱，关键是身后必须有非常好的裱画师支撑，前文中已经详述过的这位装裱大师，就是我敢于拆掉原装老裱的强大后盾。

我在读过明代周嘉胄的著作《装潢志》后，曾蠢蠢欲动地参照着书本上的方法，针对去除各种绢纸画面上的污损，也有过小范围的实践。了解那套工艺程序，是为了在掌握方法后，可以大胆地在拍卖市场上以较为低廉的价格，购进被人误以为"无药可救"的历代字画作品。文中提到的黄钺行书中堂、赵光巨幅楹联，就是其中的典型实例。

我国的装裱工艺是随着绘画艺术的演进而产生的，从现今保存的历史资料看，早在1000多年前，装裱技术就已经出现了，而对于装裱糨糊的制作、防腐，装裱用纸的选择，以及古画的除污、修补、染黄等，均有相应的文字记载。

《装潢志》成书于明末清初，全文分为序言和正文四十二节，深入浅出地介绍了书画装裱与修复过程中的具体工艺及注意事项，是我国第一部关于书画装潢与修复技艺的专著。作者认为，装裱之优劣关系到"名迹存亡"，提出装裱良工应具备"补天之手、贯虱之睛、灵慧虚和、心细如发"四项标准。周嘉胄倡导书画鉴赏家和装裱师应密切配合。书中论述了装裱技法，强调首先要审视古书画迹的"气色"，浣淋令净，并扼要地介绍了装裱工艺的过程、技术、注意事项，以及对材料、工具、形式、规格等的要求和禁忌。书中批评了当时有的工匠忽视质量、偷工减料的做法，主张继承和发扬优秀的传统技艺。诚如作者所言："装潢非人，随手捐弃，良可痛惋。故装潢优劣，实各迹亡系焉。窃谓装潢者，书画之司命也。"故应予重视。周嘉胄先论审视气色，以决定书画付装前的处理；继论洗、揭、补的方法和技巧；再论衬边、小托、补全、瓖攒、幅式、覆背、上下壁、安轴、上杆、上贴、贴签、囊函等法。对于形式不同的手卷、册页、碑帖、墨纸和质地不同的纸、绫、绢等的装裱技艺，均授法详解。此外还涉及染古绢托纸、治画粉变黑，手制装碑帖册页之硬壳和治糊、用糊、制轴等法，对于气候、表房、题后亦有详细论述。

清代有一位名叫周二学的人，其著有《赏延素心录》。周二学认为，书画不装潢，既干损绢素；装潢不精好，更剥蚀古香，况复侈陈藏弄，件乖位置，俗浼心神，妙迹蒙尘，庸愈桓元寒具之厄。作者特别提出，装潢，春和秋爽为佳候，忌黄梅、积雨、痴风、严寒；装潢之法，但得腴润不枯，墨彩不伏，层糊叠纸中边上下之均平，展案、擎叉、转折、卷舒之熨帖，即未能如张、李秘妙，亦今世之汤、凌高手也。更须悬挂宝爱，四五日一易，既不病画，亦不损裱。

这两位明清时期著书立说的先生，他们关于书画装裱的理论的确很重要，但我们提倡古为今用，重要的是掌握他们理论中的精华。搞书画收藏的必须了解装裱，所谓三分画七分裱，这个"七分裱"甚至能左右字画本身的价格。刚完成的书画一经装裱，方能成为完整的作品，使人赏心悦目。年代久远的作品若是被鼠啃虫蛀、原装老裱龟裂，就应当重新装裱。经过装裱的书画，牢固美观，便于收藏和悬挂；而重新装裱的古画，会更加延长它的生命力。

装裱比之揭裱而言，会来得更困难复杂些。书画收藏者会时常遇到古旧书画的揭裱，这必须由专业人士进行操作，花了几十万元买到的老画，没谁敢随随便便找人揭裱了事，因为这直接关系到一件古旧书画的延续与毁灭。清代书画鉴别名家陆时化在其所著《书画说钤》一书中说："书画不遇名手装池，虽破烂不堪，宁包好藏之匣中。不可压以他物，不可性急而付拙工，性急而付拙工，是灭其迹也。拙工谓之杀画刽子。"老画重新装裱，必然会抹去一些历史的痕迹，有些人就是特意要显示出原装裱，也不管品相如何。前面我提到的吴湖帆先生对老画总要拆除原装老裱重新装池，这是由于他身后有着非常好的裱画师作为依托。吴湖帆先生既是大画家，又是收藏家，他看重的是书画本身。

那么，不是搞收藏的，或者干脆说专门做书画生意的人，他们会不会去做拆了原装老裱并重新装裱的事？

应该说大多数不会，因为他们需要快进快出，没时间和心思去重新装裱，就是天杆地杆断了，无法悬挂，大多也只用胶水粘一下，目的是让买家知晓这个是物件的历史原貌，哪怕有问题的字画凭着原脏原旧也能提高卖价。再则，生意人担心的是重新装裱既花钱，又画蛇添足，最后落个入不敷出。考虑的是怎样将收进来的字画尽快脱手。所以在画商的眼里，赚到钱是第一目标。

另外要注意的是老装裱的书画气味也很重要。一件好的字画，在先前的主人手里会给他订制画匣，有施驱虫香料，有制锦囊，如此保存得法，后人每当从中取出展开欣赏，阵阵檀香扑鼻而来。闻之，定不是凡物；看之，无不心旷神怡。

还有些藏家怕藏品虫蛀而放些樟脑丸，这些都无可非议。我以为只要一打开盒子，闻到气味，便可知收藏者的品位了。当然，有些造假者往往也会利用这些味道，甚至故意添加霉斑等，以示其为年代久远的老画。还有些字画存着一股熏鼻的气味，这就需要买家做出判断了。

明清时期的字画，由于年代久远，它们的保存要比民国时期的书画更容易损坏。这种认识对不对呢？其实不一定。并非字画产生的年代越久远，其原装老裱就容易损坏；换句话讲，原装老裱的好坏，不是依时间的长短来判断的，主要还是看保存的优劣。即便是现当代的字画，若是保管失当，照样会损坏。

二十、

遇到的奇事

在我历年购买书画的经历中，一直有许多天意般注定的趣事围绕着我。譬如有一阵子，我受到道教思想的影响，特别想恭请一尊财神瓷塑回家供奉。既为凡夫俗子，想来也是难免。但在人物塑造的瓷器市场上，财神的形态失之于千篇一律，为寻求更符合艺术气息的财神形象，我一直格外关注着。就在许久未如愿之时，我恰好看到即将在北京举行的某拍卖会的图录，其中刊有一幅金梦石所绘的《财来福凑图》。金梦石，清末民初书画家，海上六十名家之一。有意思的是，这幅财神图以后周世宗柴荣形象为人物背景，将位列仙班的人物散财之势描绘得栩栩如生。惜乎像金梦石这样的画师，在书画艺术品市场上本不受青睐，我也深谙此理。

財来福湊 甲戌秋九月 金鯨沐手敬繪

金夢石（1869-1952）

名鯀，字夢石，以字行，江吳縣人（又說為浙江人）他是清末民初書畫家，上書畫研究會會員，海上畫代表之一，工人物、花卉翎毛。其寫意畫，蒼莽間孕筆意奔放，極具高致。

- 金夢石《財來福湊圖》
- 原博古齋舊藏
- 紙本 縱135cm 橫66.7cm
- 鈐印：夢石、半耕草廬

也由于这幅画在当时定的起拍价偏高，毕竟拍下后还得顾虑其升值空间。于是怀着这样纠结的心情，我坐上了飞往北京的航班。

一直到入住拍卖会场的宾馆，看了这幅画的预展后，还是因为价格，我仍未拿定主意。第二天用早餐时，餐厅服务员领着一位也来吃早餐的客人走近我身边，很有礼貌地问："您好！可否让这位客人与您同坐一桌？"

我当时正埋头用餐，何况这个四人桌仅坐我一人，似乎没理由不应允。我头也没抬地说了"可以"二字，那位客人便在我的对面入座。

快要吃完的时候，我无意间瞟了对方一眼。令我吃惊的是对方客人的额头有一肉瘤，且恰巧与金梦石所绘的运宝郎君的额头特征极其相似，凸出部分十分明显。

我礼节性地朝对方点点头，算是打了招呼。其实我正思绪万千，马上联想到这莫非是上苍在冥冥之中给予我某种暗示或通告？我深知买艺术品运气很重要，有时候运气来了就应该珍惜机会，当时的奇遇，忽然坚定了我要买到这幅画的决心。我到拍卖会现场，毫不犹豫地将《财来福凑图》恭迎回家。

转眼到了 2020 年春节来临之际，为了让长假过得更有意义，我相约两位业内朋友一起赴英国旅行。可就在此时，突发的新冠疫情让我们在启程之前不免担忧，结果到达希思罗机场时，真被告知我们乘坐的竟然是最后一班从中国抵达伦敦的飞机，幸运之感顿时难以言表，至此也开始了一段奇妙的旅程。

我们入住的是距白金汉宫仅咫尺之遥的一间私人别墅。在之后的旅途中，我们感受了异域迷人的风景，有享誉全球的大本钟、白金汉宫、温莎城堡、威斯敏斯特大教堂、大英博物馆和伦敦塔，在国王学院"徐志摩·再别康桥"石碑前驻足，甚至还去白鹿巷足球场观看了英超比赛。伦敦，真是一座奇妙而极具魅力的城市，单单它的气势与细节所呈现的内涵，都会让你久久思索，流连忘返。这样玩兴正浓之时，朋友忽然告知我，此地有个以卖旧货而闻名的跳蚤市场，里面据说有许多来自中国古代的艺术品，但这个市场一般很早开市，且每周仅一次。我闻听后，决定次日与朋友一同前往。

翌晨 3 点的伦敦，寒风凛冽，我们怀着美好的憧憬，坐上环伦敦城的通宵巴士出发了。临近跳蚤市场，远远望去，一个个排列整齐、设立在街道两边的地摊上的萤萤灯火，绵延数里，好似一道银河，惹人注目。我们细看地摊上每一件器物，不乏维多利亚时期的老物件和手工艺品，或者是各式各样生活用品的配件。英国人有将家中多余物品拿出来售卖的习惯，这也是一种互通有无的调剂方式。就这样来回看了一圈，没有发现愿望中值得购买的物品。

不觉曙色初露，朋友最后邀我去了不远处的一个地下室，打算再多看一眼，因为那里也是这个跳蚤市场的发源地，权当是不虚此行吧。我们顺着台阶往下走，进入了地下室。忽然，我被第一个摊位上放在角落里的一件青花瓷器吸引住了。我从地上捧起这件瓷器反复端详，此时我身旁也来了位黄种人，与他一搭话，方知是来自浙江宁波，那人也正虎视眈眈地盯着我手里的这件瓷器。由于有辨识书画的功底，我通过察看瓷器上人物绘画所运用的笔法，初步断定这是一件清代的青花瓷罐无疑。为验证自己的判断，我随即视频了国内鉴定瓷器的好友进行求证。就在拨打电话时，我发现宁波人仍然很有耐心地等待着，感觉只要我放下瓷罐，他一定会接手。我下意识地把瓷罐捧得更紧了。国内的行家好友借助视频看到了实物，马上告诉我这的确是件清代康熙年间的瓷器。我谢过好友，立即向摊主询价。摊主是位日本人，似乎会些汉语，所以沟通起来并不是很困难。摊主开价 800 英镑，最终我们以 750 英镑达成交易。

因为地摊经济只限于现金支付，于是我和同行的两位朋友一起凑钱，大家纷纷倾囊而出，就连硬币都算上了，奇巧的是，正好凑成750 英镑。

走出地下室，天已大亮，清新的晨风拂去了一丝疲惫。我望着漫天悠悠的云朵，感觉它们仿佛是镶嵌在天空中为我谱写的一首醉人曲

· 清 康熙《榜下捉胥》人物青花罐
· 高25.5cm 足距14.3cm

谱，我沉醉其中，内心满是收获的惬意。

　　回家后，顾不上旅途劳顿，我取出瓷罐，开始了洁癖式的冲洗。
伴随着暖暖的水流，如同为自己的孩子沐浴，水流的光泽让这件瓷罐
越发富有灵气。我用一块柔软的毛巾边轻轻擦干瓷罐上的水渍，边细
细地欣赏着，激动的心情竟难以抑制，即兴写下这样一段文字："你

离开祖国，流落他乡，太久太久……孤苦伶仃地置身于遥远的角落，等待着我把你迎回。今天，我用家乡的水为你沐浴，洗去多年来背负在你身上的尘埃。"

　　闲时在家，我常浏览刚邮寄到的拍卖图录，已然是一件乐此不疲的事。但因为图片数量太大，日久难免会产生疲惫感。但当一幅好作品呈现在眼前时，不免又会打起精神。这幅水墨山水画就是让我顿然

淸光緒八年張壽甫擬王時敏意繪林亭淸話圖 六尺巨幅

澹吞堂白室主璜珍藏

樺聲喤喤日初長古木陰濃
羣尾涼却好故人來小坐詩
麈就與商量
光緒壬午夏日倣王奉常法
鴛湖八十老人子祥張熊

- 张熊《林亭清话图》
- 纸本立轴
- 纵188.5cm 横95.5cm
- 钤印：子祥书画、鸳湖老人、耳

张熊（1803—1886），字寿甫，号子祥，又号鸳湖外史，辞宫廷画士不赴。太平天国战乱后，他迁居上海，以卖画为生，是最早寓居上海的画家之一。他以花鸟画扬名海上，其画改变了传统文人画的画风，雅俗共赏，是海上画派的先驱人物。

此图作于壬午年（1882），是作者晚年山水画成熟作品之一。图描绘早春幽涧深壑，溪水迂回曲折，山林静端和场、清丽多姿的景致。其山水画深得"娄东派"妙法，构图繁密，用笔细威，严道中见洒脱，超逸中具厚重，先笔后墨，连皴带染，由淡而浓，由疏而密，反复皴擦，加以细笔勾勒，使画面显得苍秀浓郁，墨色淋漓氤润，引人入胜，虽师法清"四王"、奚冈诸山水之大家，却能够化为己有，自成风貌。

醒目的其中一例，当时在翻阅拍卖图录时，初看之下，觉得作者的功底非常扎实，接着发现这幅六尺全开的巨幅山水中堂是晚清时期闻名遐迩的"二熊"之一张熊所绘。因其标价出乎意料的便宜，反而又使我怀疑起它的真伪。由于此作是刊于图录上的，受印刷质量等因素的影响，无法进行深入研判。不过它也由此印刻在了我的脑海里，尤其是它价格低而尺幅大的特点，让我产生了浓厚的兴趣。这件拍品的拍卖日是在三天后，我决定赶赴现场去看个究竟。就是这难熬的三天，本来感觉乏味的拍卖图录却一直被我拿在手中，不停地翻阅，甚至被一种惴惴不安的情绪所围绕。拍卖预展当日，徒弟一早开车送我到了高铁站，因其公司有要事须处理，就相约几小时后与我在杭州的拍卖预展现场会合。那以后，我坐在高铁上，默默期盼着能快速到达这幅画作的面前。到了杭州的预展现场，我看了所有待拍作品，可就是没找到这幅张熊的山水中堂，又不敢随便找人帮忙寻找，私心里是怕被更多人知道它的存在。就这样在场内徘徊了近两个小时，我不得不坐在休息区内稍作休息。突然想起现场有拍品的调阅部门，我又疾步赶去，报出了这幅作品的拍品号请求查阅，但得到的回答又让我大失所望，原来这幅作品不在调阅处。此时我感到非常茫然，以为送拍的卖家将它撤拍了。我垂头丧气地回到休息区，见徒弟已赶到。他获悉后同样觉得诧异，这么大一件作品怎么会在拍卖现场找不到呢？他想自己去找找，结果也是一无所获。正当要离开时，我们见到了这家拍卖公司书画部的负责人，我抱着试试看的心理，小声问他，3645号拍品是否在预展现场？对方告诉我预展有这件作品，因为尺幅巨大，立轴的天杆已经断裂而无法悬挂，所以仍放在调阅处。我当即怀着无比激动的心情，在调阅处单独的小库房里看着这位负责人踩着凳子，从高高的画架上取下这卷立轴。我迫不及待地接过并打开，仅仅展开尺许，就目睹了笔墨与书法的呈现，瞬间认定这是一幅难得的佳作。只是这种兴奋没维持多久，又转换成复杂的心情：预展时是否也有人调阅过这件拍品？当获知从预展到现在仅我一人调阅时，内心总算轻松起来。这时预展的结束时间快到了，我怀着某种执念，一直守到正式闭展，才安心地和徒弟回到宾馆。凭窗远眺，美丽的西湖尽收眼底。天空阴沉沉的，好像要下雨。本来是准备好好休息，可想到拍卖当天到底该出什么价格买下这件作品，一时心里没谱，又惹得夜里翻来覆去难以入眠。因为当时我的全部资金都已投入证券中，假如此时抽身，势必影响未来的收益。权衡利弊之后，我给自己定了一个心理价位，超过这个价位就坚决不买。四周万籁俱寂，徒弟在一旁肆无忌惮地打着呼噜，嘈杂的声音夹杂着复杂的思绪，我几乎睁着眼睛熬到天亮。巧的是起拍日之前，整个浙江地区突遇强台风，大部分高速公路被封，就连高铁都停运了。日子过得有风有雨，这本是寻常事，我一般不会太在意，但那几天似乎有些不同，我从每位来参拍的客户脸上看到了他们内心的焦急，好像再在杭州待着就回不去了，于是好多客户早早地离开了拍场。等到这件拍品开拍时，场内的人已不多了，就好像付出的心力总有回报，最终我以远低于自己心理预期的价格，轻而易举地买到了这件梦寐以求的作品。那时的心情，就像买了彩票，一不留神中了个头彩，喜不自胜。

二十一、

书房砚遇

　　我对砚台的喜爱不亚于其他收藏。最初对文房重器的认识，也源于年少时在废品回收站拣到的一册民国时期复刊清代的线装书籍《西清砚谱》。我将其拾回家的原因，是当时磨墨写字已成为每日在父亲逼迫下的必修功课，而且整天对着家中那方平淡无奇的歙砚甚是乏味。这是我对砚台的初步认识。我练习书法时的那方砚台，是祖父当年买给我大伯读书用的，之后又移交给了我父亲。

　　印象中，当我打开《西清砚谱》的那一刹那，就被里面用精美的绘画方式印在宣纸上的各式砚台所深深吸引。乾隆四十三年（1778）编制的《西清砚谱》，堪称集砚史、砚谱之大成。书中所记载的砚台，是当年乾隆皇帝为编《西

• 《砚台》楠文夫著
• 日本美术出版社1998年版

• 民国商务印书馆 影印文渊阁本

清砚谱》而八方收罗的，可惜那时我在废品回收站里仅找到其中一册。即使仅此一册，也对我的开悟有很大帮助。正是有了如此因缘，我在以后的收藏中格外留意各类传世砚台。

现在人们习惯将唐宋歙砚称为 "高古歙砚"，与明清砚相比，由于时空相隔久远，更得之不易。所以普通藏家手里如果有一方唐宋时期的歙砚，都会十分珍视。从古代宫廷到一般文人，都将砚台视为一种既有实用功能、又可怡情悦性的雅玩之物，体现了其欣赏与收藏价值。砚台在不同时期的制作过程中，会不断融入鲜明的时代特征，其中包含形制式样、题材内容、构图纹饰及雕刻风格，并与文学、历史、绘画、书法、金石融为一体，甚至还可以从中寻找到某个历史上传统文人的影子与其哲学思想。

在中国延续几千年灿烂文化的长河中，用来体现书写文化的最重要工具当数文房之首砚台。具体归纳砚台种类时，大致可以分列 10 种。

第一种是产自广东肇庆的端砚。端砚自唐代问世以来，由于纹理

- 叶公绰太平有象端砚一对
- 款识 左：端溪大西洞水岩；
   右：番禺叶氏遐庵藏
- 长21.2cm宽13.5cm高2.5cm×2

象，称之瑞兽，厚重而稳行
在中国的传统中已然成为吉祥
喜庆气象的祥瑞象征。宝瓶，
说是观世音的净水瓶，滴洒能
祥瑞。此对端砚正是运用象驮
瓶的吉祥纹样来寓意天下太平

绮丽，各具名目，加上雕琢的技艺亦繁多奇妙，颇受文人学士青睐。随之地位也越来越高，故而攀升到石砚之首。

第二种是产于安徽黄山的歙砚，用的是江西婺源与歙县交界处龙尾山下溪涧的石料，故又称之为龙尾砚。其石坚润，抚之如肌，磨之有锋，涩水留笔，滑不拒墨，墨小易干，涤之立净。

第三种是产自山西的澄泥砚，取材于汾河泥沙中沉淀的细泥来制坯、烧制，是唯一用窑口烧制而成的砚台，故而澄泥砚在中国砚史上独树一帜，并占有很重要的地位。

第四种洮河砚，是取甘肃省卓尼县洮河深水处的石料来制砚。洮砚自问世距今已有上千年的历史。洮砚以其石色碧绿、雅丽美观、质坚而细、扣之无声、呵之可出水珠、发墨快而不损毫、储墨久而不干涸的特点著称于世。

第五种是山东的红丝石砚。红丝砚以产自山东临朐老崖崮地区的红丝石作为制作原料。红丝砚在唐宋时期最负盛名，曾被誉为诸砚之首。

第六种是产自四川攀枝花与仁和地区的苴却砚。苴却砚石质温润如玉、嫩而不滑，叩之有金石声，抚之如婴孩肌肤般细腻温润，颜色以紫黑澄凝为最佳。

第七种贺兰砚是采自宁夏海拔 2600 米左右贺兰山悬崖上的贺兰石制作而成。贺兰石结构均匀，质地细腻，刚柔相宜，是一种制作砚台十分难得的石料。

第八种是产自贵州省岑巩县的思州砚。因石料内含有天然的金星矿石，故又称 "金星石砚"。

第九种松花砚是产于吉林省的松花石制砚。松花砚始于明代末期，推崇于清朝。康熙、雍正、乾隆等帝对松花砚都十分称赏。康熙帝甚至还将松花砚列为御用之物。

第十种易水砚，取材于河北太行山区西峪山易水河畔的一种色彩柔和的水成岩。易水砚相传始于战国，鼎盛于唐代，被视为中国石质砚的鼻祖。

随着历史长河不断演变，因各地的砚石材枯竭，大多砚石纷纷退出了历史舞台。东汉末年，随着造纸术的出现和不断发展，从唐代开始，文人墨客对砚的材料就有了更严格的要求，包括质地、磨墨、下墨、发墨、润笔流畅性等，达不到要求的就不能称为名砚。他们从千百种能制砚的材料中，经过反复比较、不断实践，最后挑选出端、歙、洮、

· 清 潘曾莹（1808-1878）藏 端石云纹砚

· 长17cm 宽11cm 高4cm

澄泥"四大名砚"。至中唐时期，对"四大名砚"就已有定论。

而我对"四大名砚"之首的端砚，却是情有独钟。

端砚因其优良的石质、种类诸多的石品花纹、丰富的色泽和独特的形状，以及贮水不涸、呵气研墨、不损毫、发墨快等特点，让我为之倾心。自唐代以来，端石就有"紫云""紫玉""紫英"等美誉。

"骨董自来多赝"，砚石亦无例外。用则"浮津耀墨"，才是端溪佳石与众石的不同之处。端溪水岩坑，内有正洞、东洞、小西洞、大西洞、水归洞，尤以大西洞为佳。从上手到确认，主要有定性分类、断代审型、赏饰断铭、过水闻味、听声找孔、鉴墨审锈及识残辨损，下墨的速度越快越好，发墨品质细腻滋润，储墨时间长且容易清洗。自然造化的砚石，能将这些优点完美地集于一身者，实属难得。

一方好的端砚，抚摸起来的确能给人以淡泊宁静的舒适感。当我们拿起端砚时，就如同手握美玉，用手搓摸砚体，一种如婴儿肌肤的细腻感便油然而生。手按砚堂，霎时水汽溢出，滋润砚身；轻轻抚摸

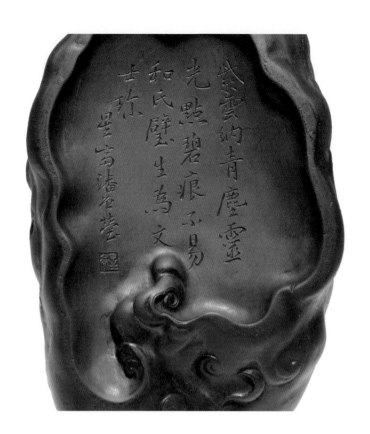

- 释文：紫云纳青尘，灵光点碧痕；
　　　　不易和氏璧，生为文士珍。
- 题识：星斋潘曾莹
- 钤印：星斋

把玩时，会让人忘却这世上的喧嚣，使不安的心情趋于宁静。如果将一方古端砚置于书案，那种古朴的文化气息会顿时弥漫于整个书屋，营造出一种令人惬意而恬静的艺术氛围。这种静穆的美感，是朴素而典雅的。

端砚之所以珍贵，不仅在于端石的石质细腻湿润、坚实致密，更因其奇丽多姿的天然石品花纹而使历代无数文人为之陶醉和痴迷。

买古砚最好是在正规的拍卖公司和文物商店购买，因为这些公司会事先对物品的瑕疵有相对的把控和说明，对于物品在质量上会有相对的保障。但遇到与私人之间的买卖，就一定要清洗后再下结论。我就有一次在买古砚时，因为和商家相熟，险些粗心大意而买到一方有严重瑕疵的澄泥抄手砚，买回家一清洗，结果砚旁处都是断横冲线，买家用陈年墨汁涂在冲线处再经过擦拭做旧，我竟然几乎看不出残损。

端石中最常见的优质石品花纹主要有：鱼脑冻、马蹄冻、蕉叶白、火捺、金银线、冰纹、水纹冻、天青、天青冻、翡翠斑、金星点等。

这些石品花纹也象征着端石质地优异，稀有罕见。因此，历代制砚者在设计雕刻过程中，会根据砚石中的石品花纹、大小、形状及其石泽，分别用自然界某些相似物象的名称给予命名，目的是让人更容易识别与接受，同时把这些宝贵的石品巧妙运用于作品的创作中，才会让懂得和热爱砚的人去用心欣赏。每当我购买或欣赏端砚的时候，总要对端砚的石品花纹、造型、题材、雕刻、砚盒等做综合评判。对有关端砚的历史资料和书籍进行阅读，还须通过看石质、摸砚堂、敲砚石、洗砚池、掂重量等方法，去亲身体验端石之美。

约 9 年前，我受相交多年老友的邀请，前往他的朋友家去雅会，据说对方也是一位爱好收藏的人士。初次到该位朋友家，主要印象是屋内都挂着名人楹联和大幅名画，书房内放置着镶嵌云石的红木书桌，桌案上垒着几幅书画卷轴。尤其是左边柜子上陈设的一方砚台，突然吸引了我的视线，并促使我情不自禁地拿起来仔细观赏。只见整个砚体略显紫色，呈朵云状，砚堂平展，不设墨池。砚侧留有石皮的周边，雕刻着翻滚状云纹，看似流转跌宕，云烟缥缈，犹有紫气东来的祥瑞之感。砚背随形内凹的平展处，刻有原来砚主人的自题行书砚铭："紫云纳青尘，灵光点碧痕。不易和氏璧，生为文士珍。星斋潘曾莹。"纵观砚铭的书体，蕴含着道媚蕴藉的赵体风格，具有很强的观赏性。此砚以老坑东洞石为材，砚质细腻幼嫩，砚色青紫略显斑斓，更具佩紫怀黄之意。我立刻感觉到此方端砚绝非等闲之物，遂向主人询问来历。令我意想不到的是，它居然是借债过期的抵押物。从与主人的交流中，听其频频声称"潘云莹"，我得知他对这方砚台也不是很了解，同时表露出无意保留的意愿。"潘曾莹""潘云莹"，真是失之毫厘，差以千里。当我明白主人误识其中一字时，瞬间按捺住激动的心情，与其展开了询价。谈妥之后，以我的朋友作保，便先行取回了这方宝砚。

这方宝砚原是近现代书画大师吴湖帆夫人潘静淑的祖父的心爱之物。潘静淑祖父名为潘曾莹（1808-1878），字申甫，别字星斋，道光二十一年（1841）进士。他授编修，咸丰年间官至礼部左侍郎，学有功底，尤长于史学，一生有多种著述传世。潘曾莹也是一位著名的书画家，初学花卉以"青藤白阳"为宗，后专工山水，秀逸旷远，颇有古意。其书法初学赵孟頫，晚学米芾，尤得其神髓。潘家自乾隆年间起，就是苏州当地最显赫的缙绅世族，四代皆有进士，被民间称为"贵潘"。李鸿章为潘宅亲书匾额"祖孙父子叔侄兄弟翰林之家"。潘曾莹的父亲潘世恩则是乾隆五十八年（1793）的状元，曾入军机，掌内阁，位居四朝元老。潘家数代皆喜好收藏古籍碑帖、书法名画，珍秘琳琅。

从潘曾莹的砚铭自题诗文中，可见他对这方端砚所珍视的程度，"不易和氏璧"，译意为就算拿着和氏璧，我都不会交换。

端砚的深邃之美，是其他砚种所无可比拟的。

- 日月同辉砚
- 清乾隆 黎简自用砚 由清代乾嘉年间岭南篆刻名家李药洲镌刻
- 镌印：二樵山人、黎简私印
- 胡蕙芳镌跋
- 镌印：蕙芳、友兰
- 著录于《中国砚大全》 楠文夫 著 第36页 第23号
- 纵28.1cm 横28.1cm 高3cm

　　端石是最著名的砚材，端砚亦居四大名砚之首。以端石制砚始于唐而盛于宋，石采自不同的坑洞，各坑洞开发于不同的历史时期，所出砚石各具特色，石品也不尽相同。制砚对石质密度有较高要求，密度过高则不易发墨，不及则损毫。端石密度适中，作为造砚之材恰到好处，为其独具的优点。此外，端石内天然生出形形色色的花纹，呈千姿百态之状，异常美观。此砚器呈四方，质地润泽，色调深邃，砚面平整细腻，其上以圆日为砚堂，月牙为砚池，两者紧凑于一处，形成日月同辉的表象。除此便无更多装饰，突出古朴典雅的气质。砚背有"二樵黎简"刻字，黎简系清代乾嘉年间的文人，字简民、未裁，因爱山水而常往来于东樵西樵之间，故号二樵。其人多才多艺，工诗善画，兼精书法，并擅篆刻，足不逾南岭却名动天下，是清代自康熙以后广东第一位有全国知名度的画家。

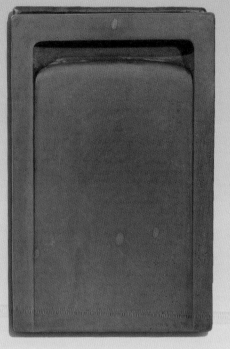

正面

背面

侧面

- 清 庄有恭（1713—1767）藏
  天眼太史端砚 12 柱眼
- 注：庄有恭乾隆四年（1739）己未
- 尺寸：长 19.5cm 宽 13cm 高 6.5
- 铭文：听雨楼藏砚、番山庄有恭
- 钤印：滋圃

正面   背面

- 清 蕉叶白平板端砚
- 尺寸：长19.7cm 宽12.7cm 高2.5cm

　　砚板，亦称为"平板砚"，形制一般取长方形，仅进行剔平、磨光，不雕琢，不开墨池和墨堂，有一种朴素的美感，传递的是一种追求内蕴美和自然美的美学思想。蕉叶白，简称"蕉白"，是端砚名贵石品之一。此方蕉白平板端砚色泽浅白，其四周有紫红色的火捺围绕。砚石有蕉白的部位，质地纯净细腻，手感温润，但凡有蕉白石品的端砚，发墨大多上佳。古代文人对端石蕉白评价极高，推崇备至。

· 清 溪岸垂纶、携琴访友 端砚
· 尺寸：长25.1cm 宽1cm 高4.5cm

　　在古代，垂钓似乎多了几分隐逸的味道。七尺青竿一丈丝，闲钓江鱼不钓名。隐士们选择归隐山林的生活，为了追寻内心的平静，他们淡泊名利，不与世俗为伍，活出了不一样的人生。

　　此方砚台刻画得最精妙之处，在于砚台的正面雕琢着一独坐溪岸的老翁和背面携琴访友的画意互作顾盼之意，独坐溪岸的老翁好似在等待朋友的到来，又似在送别好友之后，于孤寂中感怀惆怅。砚中之意，不由让人联想起唐代王维的一首诗句：送君尽惆怅，复送何人归。垂钓的诗意，归隐的情怀，尽在这方砚石方寸之间体现得淋漓尽致。

• 明 端石夔龙回纹门字砚

• 尺寸：长24cm 宽14.5cm 高6cm

　　此砚为老坑仔石，色紫如肝，不计工料取硕大端石料而制，古拙浑厚，砚边雕竞相追逐的四条夔龙纹。其所雕琢的夔龙的百足形态，具有典型的明代风格。中图为老黄花梨木砚盒。

覆手展示图

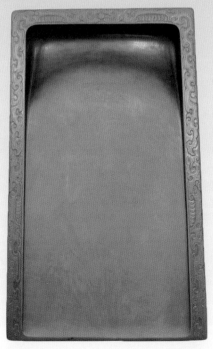

正面

背面

- 明 马蹄冻端砚
- 尺寸：长12cm 宽13cm 高2.5cm
- 铭文：主一吴氏藏、半半斋、高启、匏庵、存我、红豆山庄

铭文：高启

高启（1336-1374），元末明初著名诗人、文学家，字季迪，号槎轩，苏州人。元末隐居吴淞青丘，自号青丘子。高启才华高逸，学问渊博，能文，尤精于诗，与刘基、宋濂并称"明初诗文三大家"，又与杨基、张羽、徐贲同誉为"吴中四杰"，当时论者把他们比作"初明四杰"。

铭文：匏庵

吴宽（1435-1504），字原博，号匏庵、玉亭主，世称匏庵先生。苏州人，明代名臣、诗人、散文家、书法家。吴宽为成化八年（1472）状元，授翰林修撰，曾侍奉孝宗读书。孝宗即位，迁官左庶子，预修《宪宗实录》，进少詹事兼侍读学士，官至礼部尚书，卒赠太子太保，谥号"文定"。

吴宽的诗深厚浓郁，自成一家，著有《匏庵集》。

铭文：存我

李待问（1603-1645），字存我，上海奉贤人，崇祯十六年（1643）进士，授中书舍人，后在抵御清兵时遇害。他工文章，兼精书法，尤善行草书，远宗二王，近受董其昌影响，书风恬淡清新。

铭文：红豆山庄

红豆山庄位于常熟城东白茆镇芙蓉村。因明末著名文学家钱谦益与才妇柳如是结合，白发红颜，轰动一时。

如此有序列地铭刻了明代诸多名人之印，不知是有意为之，还是真的在流传有序中包含了美丽动人的故事，乃不得而知。仅论砚石的马蹄冻，唯有老坑才会出现这种形态的鱼脑冻，外形弯曲，形如马蹄。当然，老坑鱼脑冻形态很多，但出现马蹄冻的，却非属老坑不可。

- 明枣心眉纹石渠大歙砚
- 长28.7cm 宽23cm 高9.3cm

正面　　　　　　　　　　　　　　　　　　　　背面

　　歙砚乃四大名砚之一。歙砚石的花纹结构十分突出，分为鱼子纹、罗纹、金晕纹、眉纹、刷丝纹等。枣心眉纹：眉纹短小，两头尖，如枣核状，中有小斑纹，极为珍贵。有纹理的歙砚，石质细腻，发墨益毫呈滑不拒笔、涩不滞笔的效果，受到历代书法家的称赞。

　　石渠之砚式，取汉代石渠阁建筑特点，于砚堂周围环以水槽，形状各异，除了圆形皆称石渠式。石渠砚寄托了文人对石渠阁这一兼具谈经论道与典籍收藏功能的文化学术场所的推崇。此石渠砚器形硕大，造型浑朴，用材精奢，工艺谨严；砚边以浅浮雕的手法刻星宿纹饰于四周，带有明代时期显著的特征。

· 清乾隆 云龙纹随形端砚

· 长19.5cm 宽16.1cm 高5.9cm

　　明清两朝间，砚台工艺精品尤多，纹饰美观，尤得文人的喜爱。特别是到了康熙、雍正、乾隆年代，砚式上承历代，百花齐放，风格多样。其取材之广泛为历代所不能及，更是文人墨客梦寐以求的宝物。

　　此件龙纹大端砚，整器浑圆，色泽红褐，质地滋润，纹理细腻，砚身通体巧刻有龙纹围绕着砚石上三枚石眼，呈戏火珠状，气势威猛，惟妙惟肖。雕琢线条张弛有度，极具动感。砚额处内挖一小池，宛如深谷幽幽，自成一方天地。龙纹的大气磅礴与砚台的文气得到完美结合，寒斋夜读，万籁俱寂，有此一物作伴，亦可为枯燥单调的书斋生活平添些许意趣。

- 明 天青浮云冻长方砚
- 长11.3cm 宽7.9cm 高3.2cm
- 楠文夫旧藏
- 著录于《砚台、中国の砚イエンタイ》第59页

正面   背面

　　楠文夫，本名佐藤文夫，生于 1938 年，是日本著名的中国砚台研究大家，
出版过多部有关中国砚台研究的著作，并补遗了在中国砚史上诸多几近散失的珍
贵资料，为文物界瞩目。其各类著作真实严谨，具有极高的研究价值，对后学者
起到了重要的引领作用。

　　楠文夫先生收藏的此方端石玉堂砚，石质坚润细腻，通体色紫，砚堂浅凹，
与墨池处的连接形成深邃而饱满的空间。覆手深洼，砚缘四周及砚背均遗留下久
远的历史痕迹。砚堂天青浮云冻处还衬以水波石纹，似流云风雨、风起云移。纵
观整砚造型线条自然流畅规整，简约素雅，具有典型的古代文人气息。

二十二、

字画造假种种

古玩、书画，自古多赝品。这在当今艺术品市场也不例外，并一直为人们所诟病。

书画艺术品真伪的辨别，始终是一个重要问题。欲辨真伪，就得追根溯源，弄清楚艺术品造假的由来和动因。不同时期艺术品发展和在人们社会生活中扮演的角色、地位不同，造假的原因与技术、目的与意义也就有所不同。尤其是随着商品经济的发展，社会各阶层对历代书画及古董表现出了极大的热情，然而事实却是在崇尚清雅的世风氛围下，市面上可供流通的作品根本满足不了社会的需求，一些商贾正是从这种供需矛盾中嗅到了牟取暴利的良机，故而书画造假之风也随之猖獗。譬如历史上产生过许多造假基地，有"苏州片"，多画吴门派，其中"仇英"的风格总是隐于其中；有"扬州片"，以仿制"扬州八怪"的居多；有"开封货"，主要临摹历代闻名的书法大家、忠臣、节烈之士的书画；有"长沙货"，几乎都是凭空捏造，其伪造的何绍基书法多出自湖南；有"后门造"，多取自清代"臣字款"及宫廷画师的题材；有"广东造"，主要用绢本来复制宋元时期的名家之作。综上所述，并非前人造假的手段有多高超，而是整个行业都被金钱所左右。

　　说到近现代书画"造假专家"，就不得不提到书画大师张大千。按旧时的说法，张大千所造的假画是非常难以鉴别的。其实不然，究其原因还在于过去信息的闭塞，造成了许多收藏者对某位古代名家罕见的作品并不十分了解。不过张大千所造前人的伪作，"仿的是意而非法"，所以随着网络的发达与研究资料的完善，对于张大千仿古作品的辨别就来得相对容易了。纵观中国传统书画大家，其实大都从"摹古"阶段开始起步，张大千也不例外。他所谓的"造假"，是其研究中国古代书画，并最终成就他巨大国际声誉的重要组成部分，属于露才扬己式的造假，甚至从某种程度上来讲，已达到了"仿古而胜古"的境界。然而历史上也有为了利益而刻意造假者，特别是到了现代，随着书画艺术品价格的飙升，更是滋生了一大批刻意的造假者。若是收藏者书画鉴定思路单一、行为草率，就极易酿成大错。

历年来，我在书画交易市场上所遇到的层出不穷的造假行为，归纳起来大致有以下数种。为了不受蒙蔽，我也深入探究了隐藏其中的各种手段，一并集成文字，以便在一定程度上给收藏爱好者参考和提供帮助。

1. 移山头

所谓移山头，就是事先买好一幅某一时期无名无姓的旧画，观其画意，参其笔法，再选定一位和这幅差不多时期的绘画名家。寻找的方式则是去市场上买一幅所选定名家的残次作品，或请书画高手按名家手法写诗落款。然而从市场上找到的，就要通过书画装裱修复的方法来完成整个造假过程。方法是将两幅绘画同时放置于裱台上打湿揭裱，裱台上的一方是佚名画作，另一方则是市场上买来的名家残次品，将残次品上那幅完整的书法题款撕下，马上揭补到佚名画作没有落款的空白之处。因是宣纸，通过水的处理，拼接的地方便能浑然一体；再经过重新装裱，俨然成了一幅完整的"名家画作"，其身价自然陡增。

对于"移山头"的画作，首先要仔细查看落款处是否自然，宣纸处是否有拼接的痕迹，同时观察落款与画的比例和间距。如果发现异样，就足以证明并非原配，才会发生落款的字偏大或者偏小。凡书画大家在完成一幅作品时，落款钤印都有讲究，观赏时有一种疏朗的感觉，不可能忽上忽下、忽左忽右。

尽管"移山头"有时也能做到以假乱真的程度，但从纸张上是可以寻找到破绽的。例如画的纸张是久远的，但接上去的落款纸张却是不同时期的，或是另一种类的纹理。这就需要有相当的专业眼光才能识破。这时研究书画纸张的重要性就显得尤为重要。

2. 换老套

　　所谓换老套，和我之前所提到的原装老裱有着密切的关系。这要从几方面说起。一幅真迹老画只是原装老裱损坏严重，为了更好地保存收藏，或为了售卖时不影响价格，就要有十分的耐心留意市场，一直等到市场上有一幅与自己收藏待修复的书画尺幅相同，或更大尺幅原装裱的老画出现。

　　这样的原装老裱书画，往往会出现在一些小型拍卖会中，都以过往名不见经传的文人墨客作品为主，而这些作品在当时往往是旧时酒馆、茶楼、青楼、客栈等场所悬挂的补壁字画。那时的商人根据自己开铺的需求，购得不同的书画来迎合场所所需，主要是为经营营造一种氛围。然而这些字画中，不论是仿作还是名气小的画者之作，能够保存至今，尤其是装裱保存完好的，显然要比作品本身的价值来得重要。

　　当买到合适的老画后揭下裱衬，替换上原先损坏严重的真迹名画的装裱，再经过重新托裱画心及镶覆、砑装，一幅保存不善的传世名作，已恢复原有的时代气息而"焕然一新"。

　　现代书画造假者也有用同样的手法进行反操作的。造假者发现一幅酷似某名人的字画，预估可以以假乱真，但装裱邋遢，于是想方设法在市场上寻觅一幅老装裱的旧画，再将旧裱衬揭下，换在准备牟利的书画上，这样就达到了让假画看着更像老旧真品的目的。造假者需要的是老裱衬，至于买来所揭下的字画不论真假，毕竟也是旧时的老画，造假者本就唯利是图，揭下老装裱的这些字画也不会随意废弃，一定会"物尽其用"，于是再将其重新装裱，找到合适的机会，这些字画又会重回市场。

3. 双勾填

所谓"双勾填"，最早起源于唐代，也兴盛于唐代，原本是一种临摹书法的方式，就是将母本的字形用双线勾勒，然后填上墨色，用这种方法仿造的作品，称为"摹本"或"勾摹本"。譬如王羲之的书法，现今已不见原迹。我们现在还能够见到的王羲之书法，其中就有唐代冯承素流传下来的《兰亭序》勾摹本。"双勾填"也是后来书法作伪中最常见的手法之一，"摹本"与真迹的差距主要表现在墨色、气韵上，缺少了书法家原有的飘逸与入木三分。大凡是"双勾填"的墨色，都以浓墨居多，因为浓墨可以掩盖自然书写过程中运墨的变化。自然书写时的书法作品，墨色在宣纸上有晕散的效果，层次清晰，这也是"双勾填"所不能及的。"双勾填"对于书写时枯笔之中夹带的淡墨是难以模仿的。还有书法中牵丝的笔法，同样是"双勾填"最难做到的。书法作品常常通过牵丝这样辅助性的用笔来增加点画之间的映带，以使书法作品更加流畅生动。因为是书写过程中顺势带出的小笔画，所以用"双勾填"来做接笔与主笔画之间的衔接，容不得半点迟疑，一经修补就容易露馅。对于"双勾填"来说，这些细节也是极难表现的。

对于气韵、墨色、衔接有所感悟的同时，鉴别"双勾填"的另外的基本要素，就得从仔细分辨纸张、钤印与印色上着手。

4. 连环鸳鸯

过往的书画大家都是饱读诗书、学养丰盈之士，很少会因为江郎才尽而反复书写一篇相同的内容交卷。就以何绍基为例，生平写对联，素不重文，但不乏遇到有些书画家也书写同样的内容，只不过书体有所不同；再就是由于有些求字者的特殊要求，才会出现重复的内容。在审视这类作品时，就要从上款人存在的时期，和书写人之间的关系入手，做出详细考证，以求辨明是非。

"鸳鸯"造假的手段，即以真迹为蓝本，或以双勾填，或直接对临复制等。因有原稿，所以这样的造假会更接近真迹的相似度。若是绘画，则按线条、轮廓对照原作，模仿着色。此类伪作乍一看，还真像那么回事，可仔细端详，便不难发现整幅作品气韵滞钝，笔锋呆板失神，墨色缺少浓淡；有的伪作虽然先描后临，但终因心虚笔怯，难免失位，只要细察即能看出破绽。

假如将一件名家作品的母本比喻成"母鸡"，那么"母鸡"所产下的蛋，就是造假者伪造母本的"杰作"，而且通常是一下一窝。当造假者将所有"产下的蛋"全都充斥到市场上，在造成贩卖成灾的情况下，也会让收藏者心有余悸。如此，原来真迹母本的经济价值自然受到"蛋"的影响而大幅缩水。尽管此时母本已经卖不了高价，但算上之前卖出去那么多"蛋"的利润，其实造假者早已牟取了暴利，其后果则是扰乱了市场，并严重影响母本作者和他的其他作品的市场估值。这样的伪造通常以人们所喜闻乐见的楹联居多，原因是仿制难度不高，而且速度快、产量高，其书法装饰形式又是人们所喜闻乐见的。

5．制版章

印章从帝王玺印到后世图章，皆为取信于人。用于书画上的钤章可分为两类：一是书画家完成作品时示为己作的盖章，二是收藏家证实本人鉴赏与收藏的用印。两者各有所用，不容混淆。现代人作假的手段及方法，相比古人有了很大的提升。现代作伪者常常借助照相摄影技术来做制版印章。不过对于旧时书画的图章作伪，即便是制印高手翻刻的印章，在刀法上也会与原印章的印文对照中看出纰漏。因此，许多前辈鉴定家常将鉴定印章作为断定书画真伪的主要依据之一。可面对当今通过各种高科技手段的书画作伪，鉴别难度更大。如今制作假印章，还用到电脑激光刻章，做法是先将原来的印谱扫描到电脑上，再通过激光刻章机，在有机玻璃章坯的材料上刻出原印。诸如此类统称为制版章。这两种制造伪印的方式，相较以前更能以假乱真。然而纵使这些假印章做得再逼真，也有百密一疏。因为用于制造这些假印章时的材料多半参差不齐，有些印章时间久了就会有收缩，而金属材质的印章太刻板；再就是这些印章都是模具里出来的，看似不自然，没有刀痕，也缺乏金石气，仔细体会，就能够看出端倪。

每一方传世的印章都有自己的个性，尽管电脑可以复制真印章，但这些有着自己个性的印章细节是无法复制的。中国文人书画是一项集"诗、书、画、印"于一体的综合性审美艺术。印章作为其中的关键一项，包含着深厚的文化底蕴与艺术价值，而印章的作伪却不具有真正意义上所蕴含的形式美与意蕴美。

印章上的印文也会随着时代的不同，产生出不同气息，并可以从印文的形制来判断一幅久远年代的名家墨迹的真伪。我有一位在收藏上对我有很大帮助的好友，他是西泠印社创始人之一王福厂的第五代弟子，我在学研印章的传承与审美时，从他那里补充到了许多专业知识。记得有一年，我去参加一场拍卖会，原本打算买的作品却在看了原作后，觉得不甚理想，遂准备放弃。正当我转身欲离开预展现场时，无意中瞥见一幅书法立轴竖于空旷的预展现场一侧，远远望去，那笔墨好似有黄庭坚长枪大戟的气息。我随即凑上前去看个究竟，原来是一幅清代康乾年间名臣孙嘉淦的书法。之前我对孙嘉淦只是有所耳闻，却未见过其书法的真实面貌，不过凭借观察其整体自然的书写和贯通的气韵，便默认没有疑点；接着再细辨纸张，也认为是符合年代的。剩下最后一关，就是对印章的判断。为慎重起见，我拍下印章的细节图，传给了前述好友，请他再帮忙审核一下印文的形式。不一会儿，

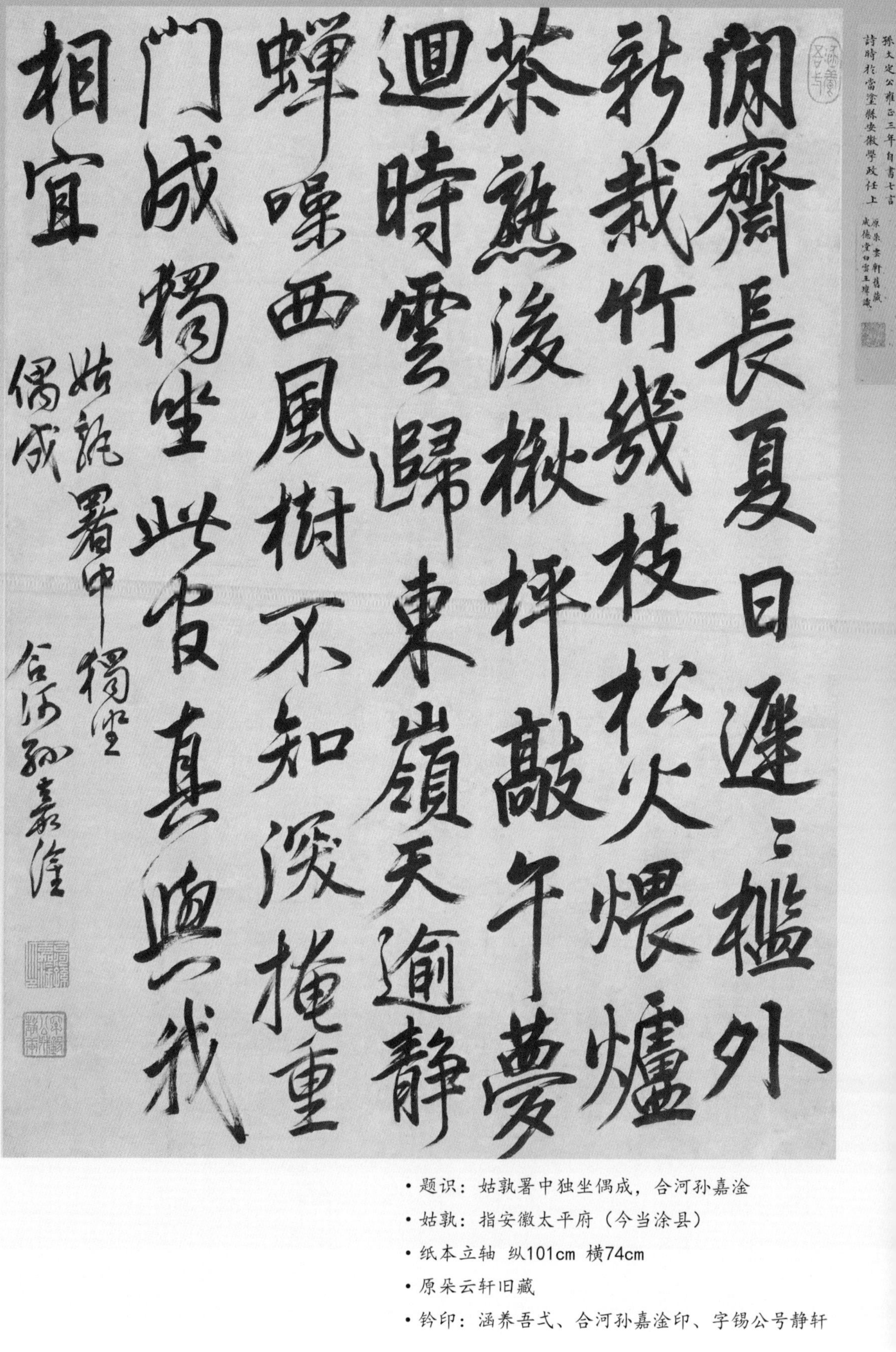

闲斋长夏日迟迟槛外
新栽竹几枝松火煨炉
茶熟後揪枰敲午梦
迥时云归东岭天逾静
蝉噪西风树不知溪掩重
门成独坐此中真兴我
相宜

姑孰署中独坐偶成，合河孙嘉淦

- 题识：姑孰署中独坐偶成，合河孙嘉淦
- 姑孰：指安徽太平府（今当涂县）
- 纸本立轴　纵101cm　横74cm
- 原朵云轩旧藏
- 铃印：涵养吾弌、合河孙嘉淦印、字锡公号静轩

孙嘉淦（1683-1753），字锡公，又字懿斋，号静轩，历经康熙、雍正、乾隆三朝，以敢言直谏而出名。

孙嘉淦的书法犹如其人的风骨，超然挺拔，其楷书参行书的笔法不入俗流，既赋有庙堂书风的端庄，又具备古代士大夫的耿介；自由挥运、任达不拘的运笔，不求每个字的体量大小一致，却通过点画之间的转折，让字体造型行间呼应关联，无矫揉造作之感；结字宽博而笔势浑厚，用笔稳健，气度从容，虽纵而敛，似肥而雅，学问与人品皆蕴于纸墨之间。从他的字里，不难看出他的刚正不阿与从容安详之气。

此幅书法写作背景：雍正三年（1725），孙嘉淦受命为首任安徽学政，管辖安徽省学务，驻太平府（今当涂县）。安徽学政不归安徽巡抚管辖，直属朝廷指挥，地位仅低于巡抚，列在布政使和按察使之前。民国《当涂县志》也记载了雍正三年孙嘉淦在太平府学政任上，对学政试院大加修葺。

书作原文：闲斋长夏日迟迟，槛外新栽竹几枝。松火煨炉茶熟后，楸枰敲午梦回时。云归东岭天逾静，蝉噪西风树不知。深掩重门成独坐，此官真与我相宜。

好友就给了我详细的回复，说是从印文上透露出的气息来看，属于清代早期的风格。有了如此综合的定论后，我便开始有针对性地对这件作品做了拍卖前的准备，在开拍前仔细调阅中，居然还在画轴的包手上看到朵云轩 20 世纪 80 年代旧藏的标签。这样就更让我成竹在胸，坚定了要买到为止的决心。一次歪打正着的拍卖，因为无意间的回望，居然续上了良缘。

孙嘉淦从七品翰林院检讨一直做到封疆大吏。他在直隶总督任上所题写的《居官八约》匾额，至今仍在河北保定衙署旧址的二堂前悬挂。匾上孙嘉淦所书"事君笃而不显，与人共而不骄，势避其所争，功藏于无名，事止于能去，言删其无用，以守独避人，以清费廉取"，不仅是这位显赫大员为官和做人的座右铭，更是可以解构一个家族兴盛密码的文化钥匙，至今引人深思。

孙嘉淦为官严以修身、严以用权、严以律己，他顾全大局，敢于直谏，勤政为民，务实清廉，不畏权贵，惩腐除恶，执法如山，敢于担当，一身正气，深受朝廷的器重和百姓的爱戴。孙嘉淦的书法蕴含山谷道人尚意的风骨，超然挺拔，端庄之中又具备古代士大夫的耿介。结字宽博而笔势浑厚，用笔稳健，气度从容。虽纵而敛，似肥而雅，学问与人品皆蕴于纸墨之间。

此幅中堂的写作背景，是孙嘉淦在清朝首任安徽提督学政时所书。学政又称提学，清雍正年间开始设立，每省一人，一般都由翰林院或进士出身的京官担任。雍正三年四月，孙嘉淦被任命为安徽学政，管辖安徽省学务，驻太平府（今当涂县）。民国时期《当涂县志》有记载：雍正三年孙嘉淦在太平府，对学政试院大加修葺，增建棚厂。雍正四年，以学租银再修专为读书、讲学、弘道的研究场所"明伦堂"。

6. 臆造

所谓臆造，顾名思义就是凭空想象的产物。

抽象思维结合绘画、文学、审美的形象思维，是艺术创作的基础。优秀的艺术作品无不是取自生活和自然规律中的逻辑关系，来构建自己的思想体系，才能在艺术创造中，刻画出有思维主体的作品。而低级的造假者，却往往想当然地主观臆造，生硬地将非同一关系作为同一种关系相互串联。譬如在没有蓝本的前提下，随心所欲地画了幅山水，觉得哪个画家的名气大就写上他的款识；完成制作后，再加以做旧处理，拿到市场上售卖。这样的臆造之作常常令人看过之后瞠目结舌，贻笑大方，同时也显露了造假者的愚昧无知。不过此类臆造东西由于价格便宜，有时也能迎合市场上初涉收藏者的需求。

7. 伪造出版

伪造出版物，是造假者为了高价抛售书画赝品时专门伪造的出版物。造假者针对部分收藏者只相信出版，特别是将早期出版物奉为圭臬的心理，配制出的伪造出版物，从而达到牟取暴利的目的。大凡正规出版物都有书号或刊号，都需要对所载内容进行仔细编审和校对等，成书（刊）周期长，成本也高。伪造出版物的具体做法是先去市场上寻找相应的旧书或旧刊，将伪作仿照原书页面的样子进行影印加工后，再以原来的模样重新装订成册，甚至有些还从以前图书馆的旧书扉页上摘下当初的借书卡与卡套，粘在伪造的出版物上，披着馆藏书籍的外衣，这就更具有迷惑性。也有索性杜撰一个书名和刊号的，进而盗用某正规出版机构之名，将批量赝品印刷成册。许多年前，我就遇到过用假出版物来骗取我钱财的经历。这也是一位一直被我视为好友的小友，一天，他拿着某正规出版社出版的《吴昌硕画辑》和这本画辑的封面作品《珠光》"紫藤"的画轴，信誓旦旦地向我要价 90 万元。殊不知花卉中的藤萝是最难画的，一位顶级的大师怎会用如此邋遢而含混不清的表现手法，来描绘真正意义上的"紫气东来"呢？再加上软绵无力、惺惺作态的书法，让我立毁三观。事后经过随意查询，那份刊物本身就是伪造的。

在目前的书画市场上，用伪造出版物的方式来牟取暴利的事时有发生。而我们要做的是，不要过于迷信出版物来作为鉴别艺术品真伪的唯一依据，应当从作品本身出发来研判真假。

U. 假亦真

金庸的武侠小说中，写到过一种绝世武功"乾坤大挪移"，这是为赋予小说的可读性而刻意渲染的，现实生活中是子虚乌有的，但在千百年来习惯使用宣纸创作中国书画的造假领域，却是真实存在的。有些书画因为年代久远而残缺不全，为了不使之废弃，持有者会请来文学功底深厚的人士，按残损纸张上遗留下来的文字，重新组词造句；再利用书画修复师揭补的手艺，将有用的文字逐个挖取，移用到事先准备好的宣纸上，做挖补着色的修复处理，等挺板晾干后，一幅崭新面貌的作品便横空出世。

但令人没有想到的是，有些传世名家的作品在原本完好的基础上，竟然也会遭遇这样的命运，而改变原有的作品形式。这就又和市场的需求及获利因素密切相关了。作伪者为了迎合市场所需，可以将书法条幅变成楹联、使楹联变成横批、摘字可成匾额堂号等。

譬如一副古旧的楹联缺失了上联，被称为残联。这在市场上已经大大失去了其原有的收藏与经济价值，但好在有下联，下联上是有书

法家本人落款的。而当今的艺术品市场上，书法名家写的堂号、横批又炙手可热，于是将原来的残联改成横批，书法、落款、印章皆为真迹。类似"假亦真"的假象，竟使原来的残联一下子跃为人人争抢的热门货，有的拍卖价甚至达到百余万之巨。一个小伎俩，由于花了"大"心思，用装裱揭补的修复方法，将利润扩大至最大化，实在是细思极恐。

相比"假亦真"更令人误入陷阱的，还有找到著名大收藏家的后人，从他们那里获取原来大收藏家传世的鉴藏印，再使用老的印泥盖在伪作上。这样的作伪，也远比作假来得更省时、更逼真。

伪造出版之赝品

227

9. 揭二层

一幅完美的书画作品，通过装裱师将其一揭为二，有的甚至可揭出数层。这样的操作对揭裱水平有很高的要求，其用意也昭然若揭。但也并非每件作品都适合揭纸，因此受条件所限，此类作品并不多见。

将一幅原本用"夹宣纸"完成的书画作品，通过分揭成两张，就会出现"双胞胎"的效应。厚薄不同的宣纸作品，揭出的效果也是不同的，有些因分离纸张时的不慎，还会损坏原作。所以作伪者往往会在揭画时进行具体分析，预估风险后才会实施操作。

市场上浓墨写意的作品往往会成为作伪者涉猎的目标。其重要原因在于大写意的画法会用到较厚的"夹宣纸"，这种宣纸有四到五层之多，优点是吃墨多，渗透性强，只要作画，就一定会有墨汁渗入下一层，而手段高明的书画修复师，完全有能力将这些成品书画的纸张一层层地完好揭开。这就给了字画造假者以可乘之机，通过揭画的方法将书画的表层与命纸揭分开。这样操作的结果通常是上层清晰，下层墨色较淡。揭出的第二层虽说也是原画的一部分，但无论色彩还是用墨，所表现出的神韵都会有所缺失。遇到类似情况，作伪者就会按上层书画的画意，对下层墨色较淡的部分进行一些局部的补笔、填墨和加色，最后再盖上事先准备好的伪章。如此再经过做旧的装裱之后，一下子就出现了两幅几乎一模一样的作品。整个过程虽说比较费时，却获利丰厚。

真和假作为对立的双方，有时又是一枚硬币的两面，它们相生相克，甚至形影不离。自书画产生经济价值那天起，比比皆是的造假手段，就始终与收藏如影随形。要想避开各种造假的祸害，关键在于提高自身的艺术修养，用自己炼就的慧眼，去辨识真正值得收藏的艺术精品。

成德堂　沈飏篆刻

成德堂白云藏书画印　王大陆篆刻
著录于《上海市首届篆刻艺术展作品集》第134页

闲卧白云歌紫芝　王大陆篆刻

王玮鉴赏　王大陆篆刻

浅春堂　王大陆篆刻

王玮白云　陆康篆刻

名家作品集

- 笪重光 草书录自题七言诗
- 金笺：纵17cm 横53cm
- 钤印：笪重光印、在辛、鹅池阁
- 题识：书为萼老年翁。笪重光
- 释文：石峰开道漫亭居，鸢学吹笙鸟学书。
　　　千岁碧桃花万树，明霞春宴五云车。
- 原北京文物公司库藏

笪重光（1623-1692），顺治九年（1652）进士，字在辛，号君宜，又号蟾光、逸叟、江上外史、郁冈扫叶道人，晚年改名传光、蟾光，亦署逸光，号奔具、姑肯道人，江苏句容人，清朝著名书画家。官至御史、江西巡按。罢官归乡后隐居茅山之麓，潜心于道教，博学多才，工书画，精鉴赏，以书画诗文名重一时。其书法取法魏晋、唐、宋诸家，笔意超逸，最为王文治所称服，但墨迹传世甚少。

笪重光大书法家的地位与姜宸英、汪士鋐、何焯被世称为康熙时期的"帖学四大家"。传世有书法理论《书筏》和画论《画筌》等著作。并在其《书筏》一书中提到：笔之执使在横画，字之立体在竖画，气之舒展在撇捺，筋之融结在纽转，脉络之不断在丝牵，骨肉之调停在饱满，趣之呈露在勾点，光之通明在分布，行间茂密在流贯，形势之错落在奇正。

纵观此幅扇面书体，中锋行笔，笔毫用力均匀，点画坚实浑厚，富于弹性，内含骨力，柔中寓刚，如绵裹铁具，尽显圆润遒劲之美。正是其自述书论的真实写照。

232

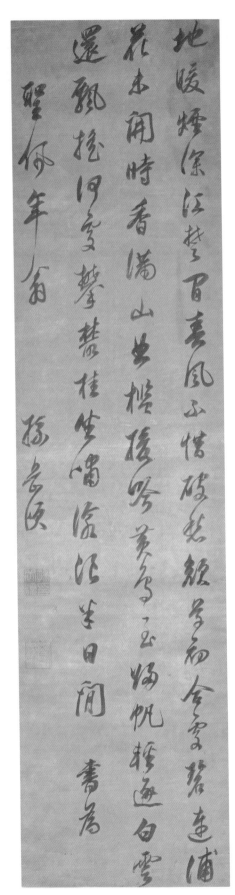

- 孙岳颁 行草书录施闰章《临江早春遣兴》七言律诗
- 水墨绫本、立轴
- 纵182cm 横45cm
- 钤印：凤啸堂、孙岳颁印、树峰
- 题识：书为圣佩年翁。孙岳颁
- 释文：地暖烟深江楚间，春风不惜破愁颜。
  草初合处碧连浦，花未开时香满山。
  曲槛缓吟黄鸟至，归帆轻逐白云还。
  飘摇何处攀丛桂，坐啸沧浪半日闲。
- 原朵云轩旧藏

　　孙岳颁（1639-1708），康熙二十一年（1682）进士，字云韶，号树峯、渔庄、凤啸堂、墨云堂主人。江苏苏州人。是清代初期最重要的书法家之一。官至礼部右侍郎、国子监祭酒，充佩文斋书画谱总裁官。

　　清代早期，因康熙帝在书法上，极其推崇董其昌的风格，并"酷摹董法"，甚至以擅长书法、专学董其昌的沈荃为师，追求功名的学子们，就将"董字"视为求仕捷径，影响力极为深远。自沈荃以后，孙岳颁就因其一手卓绝的学董功夫深受康熙帝激赏，并很快代替了沈荃在康熙帝心目中的地位，每有御制碑版必命孙岳颁代笔书之。这一时期，孙岳颁受帝命书写的"同仁堂"匾额，也成为同仁堂早期最重要的一块匾额。

　　孙岳颁传世的书法作品，多为行草，此幅绫本条幅抄录了明末清初著名诗人，施闰章《临江早春遣兴》七言律诗，以松烟墨书之，中锋用笔，回转为主，结体修长，二三连缀，偶出飞白。飞白处虚实相生，如一泓清泉，清新自然，字间连贯，行间略有变化，章法舒朗有致。

- 梁同书（1723—1815）　书铸《隐谷归云》文房牌匾
- 红木整板：纵46.5cm　横188cm
- 镌跋：理安寒公住山六年将过，居支硎静室，于其行也。书四字送之，并竹尊者杖一，湘竹筧子一，以志四十年交契之意嘉庆辛未四月　铸匾　老友同书　时年八十九
- 镌刻印：同书、梁同书印
- 著录于清代《吴侍读全集》之《凤巢山樵求是录》卷一
  作者吴慈鹤（1778—1826），字韵皋，号巢松，又号岑华居士、凤巢山樵。江苏吴县人，山东布政使吴俊子。嘉庆十四年（1809）己巳二甲第二名进士，选翰林院庶吉士，散馆授编修，充云南乡试副考官。道光五年（1825）任山东提督学政，官至翰林院侍讲。工诗，善骈俪文，著有《吴侍读全集》《兰鲸录》《凤巢山樵求是录》及《岑华居士外集》《清史列传》，并传于世。

嘉慶十六年梁同書贈圖書贈古風上人隱石歸雲
淺齋堂主人華游於日本橫濱

…七兔晋珥菜裘蒙之簡戴爲等酉更宜堂上之尊也

隱谷歸雲圖賦　有序

天台僧澄谷結卷於支硎有年後爲杭之僧延主理安丈
室今春丏當事者得退院歸梁山舟學士書隱谷歸雲四
字送之上人繪以爲圖余爲之賦曰
谷以隱名雲知歸處其出無心其返隨遇任卷舒兮自如
何得失兮可慮黜太虛兮有情化枯禪兮成趣空流泉
茆菴半間秋夕擥抱左春波在前面壁則松生百尺捧鉢則
猿歸幾年偶乞食而得乳或烹茶而見煙宵聞香而參桂
夏結社而開蓮可以增長乾慧刪除萬緣有定水之澄照
無浮雲之變遷而乃俗衆心傾緝流悲仰擁蔭西泠之松

遂叱南屏之杖彼則龍象騰歡此則藤蘿生谷快方蜂臺之
雷動已鶴扃之苔上鹿穿柴而屢驚禽經春而暫響地非
支遁之心月記文殊之掌師亦蒼顏乍改皓首成雪譚經
重文字之緣說法倦廣長之舌馬疲而載彌重薪勞而火
不滅能無愛其衣珠而藥彼巾拂哉仰視白雲倪況身世
歸乎歸乎泛可遲逝儼朱霞之在天笑黃鵠之垂翅撥蓬
徑兮自開入荆扉兮還閉於是漱龍起敬山神見迎花自
曼殊之相鶼仍魚唄之聲黲則似添濃笑風泉亦如訴
本心賦以歸雲之字用慰空谷之音夫易動者雲至靜者
生平鄰婦料峭時之米村童聽飯罷之經白頭學士嘉師
谷惟息之以深深宷求之於遂遂固宜栖谷存神養雲通

性呼歸鳥以付聲聞進隱漁而參慧定也丹碧飢調風尚

著錄于清代吳慈鶴《吳侍讀全集》之《鳳巢山樵求是錄》卷一

235

　　"隐谷归云"匾，是梁同书亲自为与之相交四十载的老友、天台高僧澄谷上人书铸的临别赠物。

　　乾隆四十四年（1779），苏州城东葑门外，一座陈旧破败的天宁庵门前，来了一位高僧澄谷和尚。澄谷和尚，名古风，一名际风，字澄谷，号寒石，天台王氏子。年七龄脱白于禅林寺，十五具戒于国清寺，二十得法于理安寺渔陆和尚（摘自道光年间《苏州府志》）。善根深植的澄谷，立誓振兴眼前这座日渐衰微的寺院，便留在了天宁庵中。

　　数年后，在澄谷和尚的努力和当地善众的襄助下，天宁庵得以声名远播，由"庵"变"寺"，房舍最多时达150间，成为葑门外的第一大寺。

　　乾隆五十九年（1794），离开天宁寺的僧人澄谷，花四十千钱买下了支硎山

上观音禅院的静室"善英庵",并将其改名为"吾与庵"。有了"天宁庵"治寺的经验,"吾与庵"很快就香火鼎盛,另新修方丈室"倚杖处",作为他与文人雅士交游雅集的场所。据府志记载,"江左胜流游吴门者必造焉"。时名士梁同书、洪亮吉、潘亦隽、黄丕烈、王文治等经常造访,诗书唱和,一派热闹景象。悉心的澄谷和尚继而又把他和吴中友人这数十年往来的诗文都积存了下来,再请当时的藏书家吴翌凤将这些诗文做成刻本,收录进10卷之多的《吾与汇编》中。

澄谷和尚在"吾与庵"的第六载,曾经得法的理安寺请他过去重振门庭,4年后复归。临行之际,梁同书为他送行,并书铸"隐谷归云"四个大字,以作别情,时称美谈。后进士吴慈鹤以诗咏的方式,写了篇《隐谷归云图赋》,记载了此中的始末,并著录于《吴侍读全集》之《凤巢山樵求是录》卷一。

　　"隐谷归云"匾，尺寸硕大，包浆醇厚古雅，其字苍劲洒脱，其意亦超凡脱俗。镌刻刀锋犀利，法度精湛，字架饱足，阴阳交映，笔走牵丝，形成了诸多的飞白之笔，其字迹线条粗细变化之丰富，充分还原了梁学士书法中运笔迅疾奔放、挥洒自如的韵致。

　　梁同书相当多的手迹碑刻题写，大多由陈如冈所镌刻。陈如冈（1756-1801），字晋笙，枫泾南镇人，以铁笔得名，所镌碑帖，较墨本无毫发之差。梁同书誉评陈如冈的镌刻功夫为"江浙第一手"。一个擅长书法，一个精于镌刻，可谓金石之交。据史料记载，梁同书写字只用虚白斋的纸，夏歧山、潘岳南的笔，而镌刻者必为陈如冈、陈云杓、冯鸣和，显见此幅"隐谷归云"匾额，应是陈如冈的手笔，

无出其右。

　　时光荏苒，物是人非，故人已散去，如今"吾与庵"虽早已不在，然而这块见证了历史人物精神风貌的匾额，虽经百年岁月的洗礼，却传奇般地保留了下来，且仍可以触摸到代代前人因倾慕而拓文留下的墨浆遗痕。

　　牌匾作为中国的一种古老文化现象，是融汇了语言、书法，集思想性、艺术性于一体的综合艺术，更是历史、文化和社会的一种独特表达。在历史的洪流中，牌匾承载着丰富的文化内涵，许多古老的牌匾上留有历史人物、事件的记载，为我们走进历史提供了宝贵的史料。

　　一段佳话、一曲别情、一件传世之作，犹如一位智叟在静静地诉说着婆娑往事。

王学浩（1754—1832），字孟养，号椒畦，祖籍昆山，乾隆五十一年（1786）举人。为人恬淡旷适，少拜进士陈嘉炎为师，学有根底，补昆庠生。其山水画得王原祁真传，结体精微，笔力苍古，著有《山南论画》，立论精当。工画山水、花卉，能诗，精画理，工书法，篆隶楷行皆能，行书更得瘗鹤铭笔意，坚苍浑厚，自成一家。

本幅画轴中，题文末句所指"寒碧庄"，即江南四大园林之一的留园。清嘉庆二年（1797），为清代收藏家刘恕所购得。

刘恕（1759-1816），清代收藏家，字行之，号蓉峰，又号寒碧主人、花步散人，苏州东山人。好书法名画，性嗜花石，于寒碧庄筑建传经堂，以藏先世图籍，整理书画，收藏目录《挂漏编》十卷，并集古今法帖，延请工匠勒石环置壁间，其上多钤有刘恕字号印章，荟萃历代名家书法之

• 王学浩《夏山欲雨图》
• 纸本 纵104.4cm 横43cm

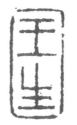

• 印释：王生

• 印释：臣浩

• 印释：半山桥

• 印释：画中诗

石刻 379 方，墨色与文采齐飞，艺术与意蕴并美，遗年成珍，为留园镇园之宝；又聚奇石十二峰于园内，治印"一十二峰逸客"，自号"一十二峰啸客"以自娱。

刘恕不但与王学浩交好，且极其敬重。清乾隆至嘉庆年间，王学浩曾客居寒碧山庄达 10 年之久，其间记录不少园内美景，更应园主刘恕之邀，画下园内奇石十二峰，即如今收藏于上海博物馆的《寒碧山庄十二峰图》，留下一段属于留园"寒碧山庄"的岁月。

今珍藏于园林的历代主人手迹寥寥，然这件流传于世的画轴，当属苏州古典园林"长留天地间"的凭证，亦是画家与园林主人肺腑之交的印证，更为飘落于寒碧亭台的一

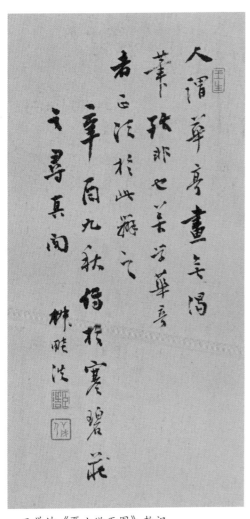

· 王学浩《夏山欲雨图》款识

· 嘉庆六年（1801）作

辦水墨馨香。

多年来，每当我踏足留园，都会置身于寻真阁的窗前，遥想曾在这里作画的王学浩，就仿佛跨越了时空，看到他站在与我相同的位置，身着青衫，手持画笔，用笔墨记录自己的思考和感悟，探索艺术的无限可能，留下一幅幅传世佳作，不觉感慨万千，思绪随风追寻。

王学浩摹董其昌水墨山水题跋释文：人谓华亭画无渴笔，然非也。善学华亭者，正法于此辦之，辛酉九秋，仿于寒碧庄之寻真阁，椒畦法。

山水画的仿古之风滥觞于明代，其主要原因是董其昌倡导的"南北分宗"，以及在"文人画论"的理论标志下所推行的艺术实践和审美方式。董其昌所强调抽象的山水画笔墨形式，极大地影响了明末至清代近300年的山水画艺术风格。在清初以"娄东派""虞山派"为代表的四王院体画风的极力推崇和实践下，确立了正统的地位。从此，临仿古人的作品，成了画家的必由之途，许多人为此耗尽了毕生的精力。正统派的画家们通常把五代的董源、巨然和元代的黄公望、倪瓒、王蒙、吴镇等人的作品作为主要取法对象，

• 田能村直入题盒

经过不断探索和研习，南宗画派的旨趣和技法得到传承与发扬光大。这种仿古的风尚一直延续到嘉庆、道光年间，又由于画家思路的狭窄、内容的空泛、技法的僵化，已呈强弩之末而日趋纤靡不振，仿古之风走到了尽头。但不可否认，其间也出现了极少数"足继前哲名一家"的画坛高手，王学浩便是其中之一。王学浩推崇宋、元两代画家，特别是巨然、黄公望、王蒙，表现"胸中逸气"，不求形似，但求通过用笔和用墨的变化来达到神似，其山水画呈现出简洁高逸、清寂幽淡而又烂漫天真的笔墨趣味。

题签：田能村直入（1814—1907），是日本明治时期的著名绘画大师，他被称为日本最后一位文人画家。其本姓三宫，名痴，字顾绝，号小虎、小虎散人、笠翁、田痴、青湾渔老、直入山樵、直入道人，系日本丰后国生人。此幅绘画是由日本绘画大师田能村直入于明治三十一年（1898）题签，可见此幅画轴在清代已流传至日本。藏家用黄杨木整板，精心为卷轴打造的安身之所，使之历经百年而得以保存完好，体现了藏家对此件艺术品的热爱和珍视。

碧螺春雨读梅花

滌生弟曾國藩

玉尺紗廚量汗簡

仲遠尊兄大人鑒

曾國藩書贈張曜孫手繪荷鶴雲紋湖綠絹本七言聯下

曾國藩書贈張曜孫手繪荷鶴雲紋湖綠絹本七言聯上

　　曾国藩（1811-1872）书法变革的分水岭是在1860年前后。他早期书法刚健中现婀娜之姿，而晚年书法瘦劲挺拔。此件曾国藩书法楹联，正是其早中期书法阶段的代表之作，书写所用之绢是咸丰时期手绘荷鹤（和合二仙）纹染湖绿宫廷库绢，实为难得一见。本副曾公书写内容（玉尺纱厨量汗简、碧螺春雨读梅花）寓意：书香袭人、茶香氤氲，意指诗意般的生活。纵观上下书体，结字平正刚直，不失士气，丰润自在，饶富韵味，书写郁勃遒美，诚可谓曾文正公绝美意境之作。

· 曾国藩书法七言联
· 纵163cm 横30cm×2
· 钤印：臣国藩印、涤生

244

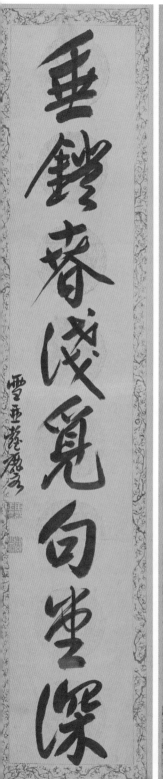

彭玉麟（1817-1890），字雪琴，号吟香外史、退省庵主人，湖南衡阳人，官至水师提督、兵部尚书，系清代著名政治家、军事家、书画家。与曾国藩、左宗棠并称"大清三杰"，与胡林翼、曾国藩、左宗棠并称大清"中兴四大名臣"。军事之暇，绘画作诗，他的墨梅与郑板桥的墨竹齐名，在清代被并称"书画二绝"。

彭玉麟的楹联以风景联居多，寓情于景，造语出奇，用典无痕，雅俗共赏。他的楹联在中国近代史上有着很高的地位。

光绪十六年（1890）彭玉麟病逝于衡州湘江东岸退省庵，清廷追赐太子太保衔，谥"刚直"，并于衡州原籍及生前立功的各个省份，建立专祠。

- 彭玉麟行书八言联
- 著录于《崛起之路——中国近现代对外交往文物展》第66页华东师范大学出版社2015年版
- 团龙梅花笺　纵156.1cm　横34.1cm×2
- 钤印：臣玉麟印、青宫少保

異同不復疑三語

身世何緣得兩忘

左宗棠

左文襄公集蘇子瞻句行書七言聯 下 成德堂珍藏 白

左文襄公集蘇子瞻句行書七言聯 上 成德堂珍藏 白

• 左宗棠

• 縱165cm 橫38.6cm×2

• 鈐印：大学士章、青宮太保恪靖侯

"异同不复疑三语，身世何缘得两忘。"此上下联分别取自苏轼《次韵道潜留别》与《和章七出守湖州二首》（其一）两首诗。

　　"异同不复疑三语"，用的是晋人"三语掾"的典故，本意是指道家与儒家的学问归根结底并没有什么不同。事物的差异只在表面，如果我们能透过现象看本质，就会发现世间万事万物没有太大差别，都是道的衍化。

　　"身世何缘得两忘"，则进一步表达了对人生观的理解。人们往往在欲望的驱使下，夸大好与坏、优与劣、自身与外在的区别；在追求名利的过程中，忘记了世界本应清静无为。我们应该摆脱物质和名利的束缚，忘记自己，也忘记世界，以一种超然物外的境界去追求生命真正的价值。

　　左宗棠（1812-1885），字季高，一字朴存，号湘上农人，湖南湘阴人，是中国近代民族英雄、政治家、军事家、诗人，洋务派代表人物之一。他的书法深得颜真卿神韵，自成一格，以行楷为主，字体端正峻拔，笔力雄健刚毅，凝重中有飘逸之态。而这种雄健厚重的书法风格与他的性格及经历密切相关。左宗棠身经百战，功勋卓著，具有豪情壮志，这些品行也自然流露于其书法之中，充满了豪迈、慷慨之情，彰显出他坚毅果敢的性格。

　　其书法作品在用笔、结字和章法等方面都有自己的独特之处。注重字形结构，强调笔画之间的呼应与配合，使得字体结构严谨、饱满，有力度。在章法上，他的作品整体布局合理，字与字之间疏密有致，呈现出一种既有规律、又富于变化的美感。

　　左宗棠的书法作品不仅有形式上的美感，遣词造句亦内涵深刻，常常融入自己的人生观、价值观和哲学思想，让人在欣赏书法作品的同时，也能领悟他的思想和精神内涵。

書學黃庭內景經

駱秉章

詩摹白傳元和體

壽伯二兄大人正

駱秉章法書七言聯 下

駱秉章法書七言聯 上

駱秉章

• 駱秉章书法七言联
• 手绘蜡笺纸 纵130cm 横31cm×2
• 钤印：骆秉章印、俞门

248

骆秉章（1793-1867），晚清"八贤"之一，广东花县人，晚清湘军重要将领，被誉为"晚清第一清官"。骆秉章的学识广博，深得道光帝青睐，遂钦点其为自己的侍讲学士，使骆秉章在朝野享有帝师之尊，从而蜚声士林。

骆秉章入湘十载，位居封疆，治军平乱，功绩卓著。入川七载，剿灭石达开，终结了历时14年的太平天国。当时将他与曾国藩并称为"东西相望，天下倚之为重"的人物，政治地位同曾国藩旗鼓相当，可见这位政坛巨擘对当时的大清王朝是何等重要。作为晚清时期重要的封疆大吏，骆秉章无论是抚湘十载，还是督川七年，都尽忠职守、勤政爱民、清正廉洁，他改革吏治，整治经济，深受百姓爱戴。

同治六年（1867），74岁的骆秉章病逝于成都官署，朝廷赠太子太傅，入祀贤良祠，谥号"文忠"。骆秉章去世后，百姓心怀悲痛，以各种形式对他进行纪念。民间还自发为其建宗祠，供世人瞻仰和纪念，尊其"世与汉诸葛亮、唐韦皋并称"，足见骆秉章功德深入人心。

中国历来因人而重其书，骆秉章书法在历史上有很高的造诣，然而我在找寻骆秉章的书法作品时，却遇到了不小的滞碍，即使寻迹到位于广州花都区骆秉章"光禄大夫家庙"的祠堂中供世人瞻仰的书法对联，也是后人为追慕所书。所以发现骆秉章流传至今的墨迹已是相当有限，但凡存世的都已经成为文物。

此副楹联应是骆秉章书赠好友清代诗人施山的一件上乘之作，纵观上下联运用巧妙的集字形成的联句，可以看出骆秉章对好友的文章和书法，做出了毫不掩饰的赞誉，同时此件作品也成为历史上人文交往的一件弥足珍贵的佐证。

此副书法楹联，我于2022年底初识于网络，在购买竞价时，恰逢好友在旁，对方要一起参与，因情面难却只好依从。此作于2023年被北京保利拍卖公司所征集，我曾撰上文诠释，同年4月以31万余元的价格成交。

卓文端公行書八言聯　手繪龍鳳戧色宮牋殿　淺春堂白雲王輝珠藏　下

卓文端公行書八言聯　手繪龍鳳戧色宮牋殿　淺春堂白雲王輝珠藏　上

卓秉恬（1787-1855），字静远，号海帆，四川华阳人，清朝大臣，嘉庆七年（1802）壬戌科进士。官至兵部尚书、吏部尚书、协办大学士、文渊阁大学士、武英殿大学士，赠太子太保衔，谥"文端"。卓秉恬也是清代著名的书法大家、收藏家、鉴定家。其书法飘逸，峻拔遒劲，运肘敛指，别具风格；行楷将晋人的典雅、唐人的严谨熔于一炉，挥洒有致，朴拙自然，意趣淡远，极富书卷之气。

- 卓秉恬行书八言联
- 手绘龙凤蜡笺　纵130cm　横31cm×2
- 钤印：卓秉恬印、大学士章

250

祈寶惟賢同資輔翼

普庵尊兄司馬屬

以銅為鑑可正衣冠

少荃李鴻章

- 李鸿章行书八言联
- 手绘龙凤蜡笺 纵163cm 横36cm×2
- 钤印：青宫太傅、大学士肃毅伯、李鸿章印

251

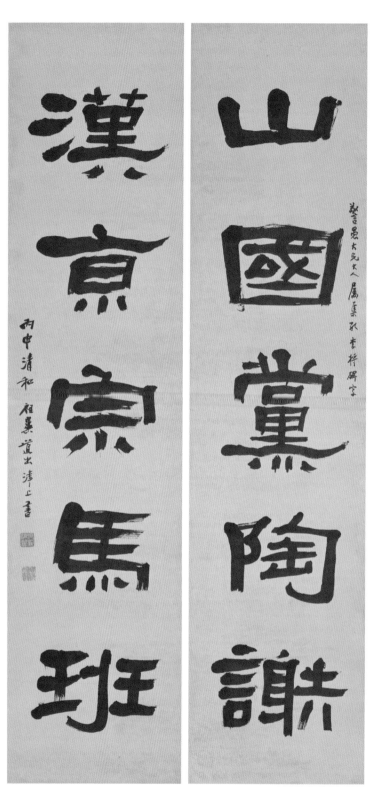

張祖翼隸書五言聯 上
原日本富士美術館舊藏 王瑋識

張祖翼隸書五言聯 下
原日本富士美術館舊藏 王瑋識

張祖翼（1849—1917），字逖先，号磊盦，又号磊龕、濠庐。因寓居开锡，又号泮溪坐观老人，安徽桐城人。近代著名书法家、篆刻家、金石收藏家，著作颇丰。

- 张祖翼隶书五言联
- 纸本：纵133cm 横31.5cm×2
- 钤印：张祖翼印、逖先海外归来之书
- 原日本富士美术馆馆藏
- 出版：《近代中国书画》第72页
日本富士美术馆，1983年版

清代张祖翼题西泠印社孤山社石坊额隶书"西泠印社"

本副楹联译文：山国党陶谢、汉京宗马班

山国：山川河流。党：朋友。陶谢：陶渊明、谢灵运。全句意指：
如隐逸山林做闲云野鹤，就要找如陶渊明与谢灵运这样的"田园、
山水诗派"的巨匠来作伴，从而使自己达到学游天下的高度。

汉京：京城都市。宗：学习的榜样。马班：司马迁、班固。
全句意指：如在喧闹的城市里，就要寻找像司马迁和班固这样的
文宗，以作为学习的榜样。

印释：张祖翼印

　　明清两代桐城书法家中，各类人才俊贤辈出，文风可谓繁华鼎盛，而于诗文歌赋之外，能精善书画及金石考证者也代不乏人。其中倡碑大家邓石如之名，可谓如雷贯耳。能继其后的，桐城名士张祖翼可称得上是其中之佼佼者。原因在于，张祖翼虽出生于"四代十翰林，三代十高官"的显宦世家，却终学不仕。相较张君儒、方以智、姚鼐、姚元之等进士、翰林出身的诸多桐城士大夫的书家，他更多了一份专注，多了在各种书体上的探讨，多了在技法上更加深入的研究，他近乎于一位专业的书法家。

　　张祖翼隶书法师汉隶，并深得汉隶技法精髓。其书法古拙浑厚，方劲雅致，尽显金石气韵。西泠印社孤山社上石坊额的隶书"西泠印社"四字，即出自他的手笔，由此可见其在清末民初时期的社会影响力是举足轻重的。张祖翼晚年寓居海上，时与吴昌

印释：遂先海外归来之书

硕、高邕之、汪洵同称"海上四大书法家"。张祖翼也是最早走出封建王朝看世界的清朝名士之一。今之所见此副隶书楹联，可知张祖翼书规矩正，承脉碑派书风正流。其笔势写得伸缩有度且张力外延，精到遒劲。结字平中求险，险中寓平。写来信手行去，一波三折，起伏自然，笔法间透着股静穆古雅之气，流露出的乃是一派"神俊阳刚"的自然和完美，如老树枯藤，苍涩生辣，尽显大家风范。

世人说：帖学为尊，碑学为轻。而当我驻足在这副古厚浑然、意境韵味深远的书法楹联前，我的视觉着实被震撼到了，乃至兼有了"登泰山而小天下"的感觉。将此幅张祖翼集碑学于大成的书法悬挂于堂前，又好似一出刚刚落幕的昆曲，转而登台亮相了一位京剧老生，其高亢激越、雄浑低沉的嗓门，气足深远，嘹亮了剧场。

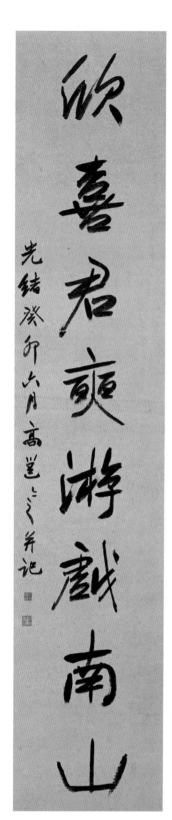

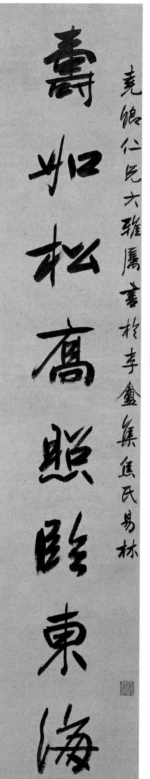

欣喜君頵游戲南山

堯翁仁兄大雅屬書於李盦集焦氏易林

光緒癸卯六月高邕之父并記

光緒廿九年高邕之行書八言聯下 珊瑚紅濡金籤 淺春堂白雲王煒藏

光緒廿九年高邕之行書八言聯上 珊瑚紅濡金籤 淺春堂白雲王煒藏

高邕（1850-1921），浙江杭州人，寓上海。近代书画家、鉴藏家。字邕之，号李盦、苦李、赤岸山民、孟悔，室名泰山残石楼，甲午（1894）中日之战后改号聋公。别号清人高子、中原书丐、西泠字丐。高邕以书法名，善篆刻。书学李邕，用笔沉雄浑厚，质朴遒劲，结字宽博，纵横得体，"善以藏锋取妍，以宽绰取势"。宣统元年（1909）在上海豫园与钱慧安、吴昌硕等创办"豫园书画善会"。为近代六十名家之一。

• 高邕行书八言联
• 洒金笺　纵173cm　横34.9cm×2
• 钤印：高邕之印、甲午以后改号聋公、自强不

仲華仁兄博學雅懷
勵藏三代名品寶器
多美填置斗閣中乃
斯文之興矣
宣統辛酉花朝
年尊感題

籠烟閣

朱祖谋《笼烟阁》匾额

朱祖谋（1857-1931）为"清末四大家"之一，原名
朱孝臧，字藿生，一字古微，一作古薇，号沤尹，又号强
村，浙江湖州埭溪渚上强村人。朱祖谋光绪九年（1883）
癸未科第二甲第一名进士，光绪二十七年（1901）官居礼
部右侍郎，卒谥"文直"。此额《笼烟阁》是书赠当时的
收藏大家葛惟英，书写于 1931 年，时年 75 岁。

• 库绢 纵33.1cm 横75cm
• 钤印：朱祖谋

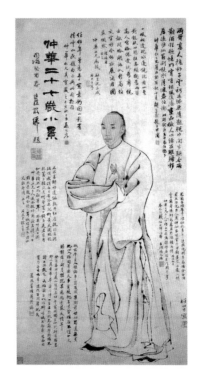

葛惟英（1847-？），字仲华，浙江慈溪人，晚清民
国初期的大收藏家，工诗，善玩鼎彝之器。1873 年，任
伯年为其作《二十七岁小像》。

• 设色纸本 纵118.6cm 横60.3cm
• 故宫博物院藏

257

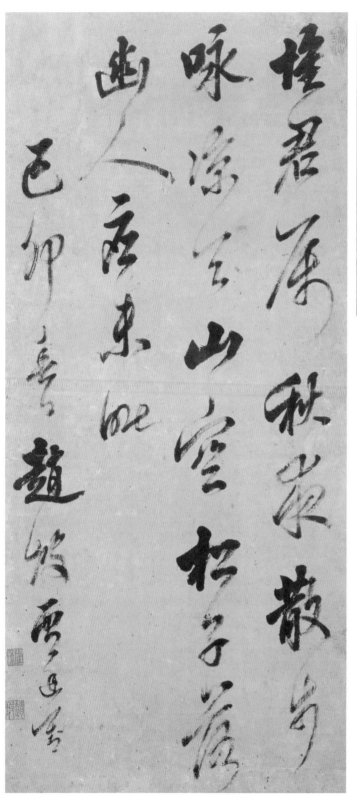

清代卢廷对，字赓扬。

皇清书史卷六有载，谓其弱不胜衣而笔力乃转千钧之弩。从此幅书录韦应物《秋夜寄邱员外》的五言诗句所见，其整体布局浑然一气，迅疾用笔之中，散而不乱，反映了其驾驭笔墨的超高才能。

• 卢廷对行书五言诗
• 纸本 纵90.5cm 横41cm
• 钤印：嵩山主人、廷对、赵坡

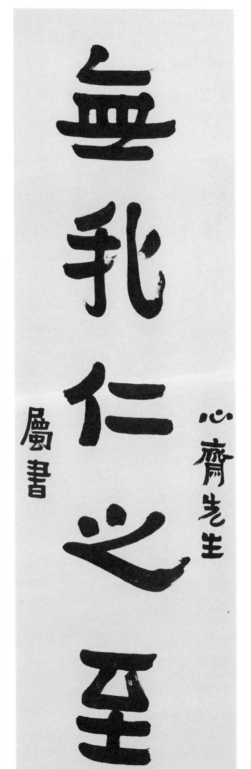

有常德自隆

無私仁心至

己未三月 亨頤 屬書

心齋先生

经亨颐（1877—1938），字子渊，号石禅，晚号颐渊，浙江上虞人，中国近代教育家、书画家。其书法特点是书写和款识皆用爨碑书体。此副楹联，集句引经据典，字体于方整肃穆中又尽显矩矱森严之气，点画之间饱满充实，坚实道厚，又极具古拙之气，充分体现了他极高的学养和书法造诣。

• 经亨颐隶书五言联
• 纸本 纵139.5cm 横40cm×2
• 钤印：石禅居士、经氏亨颐

理期百廢　以俱興　予產惠
人先使井廬　有伍臨淮名
將居然壁壘一新　昔者淮
陰國士非蕭相其素識　恭
萬奇才乃徐公所　淮知諸
聞故實遠沐仁風　慶斯業
之得人感高賢之推愛　祇
以蓬山望遠每興歎於煙
波上國觀光徒縈懷於寤
以寐　寫丹忱之款曲付青鳥
慕　謹狀言旋載祝期頤彌殷馳

花岡社長雅鑒

中華全國火柴產銷聯營社全體社員嚴敬具

昭和十九年
中華民國三十三年十月　穀旦

張伯英書

　　张伯英（1871-1949），徐州铜山县人，字勺圃、一字少溥，谱名启让，别署云龙山民、榆庄老农，晚号东涯老人、老勺、勺叟。室名远山楼，小来禽馆。光绪壬寅年（1902）举人。清末民初时期著名的书法家、金石鉴赏家、诗人、学者。

　　张伯英书法造诣极深，从颜体入手，再学魏碑，后上追"二王"，下至宋元明清，博览群帖，通过碑帖融合，形成自己独有的书体面貌，成为在中国书法史上有着重要地位的书法大家，对后世影响深远。著名画家齐白石与著名书法家启功，亦同问教于他。其诸多书学论述及碑帖考据的观点，直至当今也是研究古代碑帖的一个重要参考。晚清民国时期，张伯英的书法以端

感謝狀　張伯英題

嘗聞仁親為寶，推恩假命世之才，飢溺縈懷，越國抒〔難〕，斯皆有史以來偉人奇士古道熱腸者之宏規也。恭維日本燐寸統制株式會社花岡社長，海疆碩望，實業專家，製造既有所專，統制更筦夫，統制其對扵深畀，加藤常務理事，則夙凤宛若股肱之知，中土之貢己也。山之昔功是高……

- 张伯英楷书《感谢状》
- 纸本　纵32.2cm　横100cm
- 钤印：张伯英印、勺圃
- 张伯英自题签

庄稳健，隽秀飘逸，富于创新的笔势颉颃郑孝胥，令诸家莫及。张伯英擅长多种字体，篆、隶、楷、行、草皆能，尤以楷书及大字榜书最为精妙。就此幅书写与日人《感谢状》楷书作品而论，结构紧敛而不拘谨，字体规整端正不失洒脱韵致，用笔方圆兼备，宽博雄放，紧凑严密，朴质秀逸，古拙自然，筋骨毅然。凝神观之，近乎达到收夺人心魄之效。

此幅书法的特殊性还在于，平素张伯英书写数百字大楷皆不用画线，从头到尾一气呵成，分行布白、范围大小莫不恰到好处。而此幅书于日人的书法，落款的明确纪年，正是日本侵华战争时期。纵观整幅作品，却是认真到极致。如非挚交即是重金求字，着实值得寻味。

庭野月未幽

瑞人作名汯家巳
清道人

秋高風自疾

集虛寶子碑字

李瑞清隸書五言聯 上
李瑞清隸書五言聯 下
著錄於博古齋藏楹聯集
著錄於博古齋藏楹聯集
浅春堂白雲王孫識
浅春堂白雲王孫識

李瑞清（1867-192
字仲麟，一字雨农，
庵、梅痴，江西临川人
瑞清出身于书香门第，
父李必昌，字慕莲，
生，文武双全，著有《文自芳室文
十卷。李瑞清聪明伶俐，好学嗜
光绪二十年（1894）中进士，次
试钦点翰林院庶吉士。光绪三十
（1905），李瑞清任江宁提学使
持两江师范学堂，是近代中国著
教育家，为近代中国培养了大批人
李瑞清崇尚碑学，是碑学积极实践
其书法以魏碑体行书、楷书和金
篆为多，其作书抖动较大，个人
突显得强烈，书体蕴含厚重高古
满金石气。李瑞清一生桃李满天
其中最有名的弟子包括张大千、
石、吕凤子、李健等。

- 李瑞清隶书五言联
- 纸本 纵141cm 横36cm×2
- 钤印：玉梅花盦主摹拓三代两汉六朝金石文字、 阿梅、 清道人、 宝石室
- 著录于《博古斋藏楹联集》，上海书画出版社1995年版

262

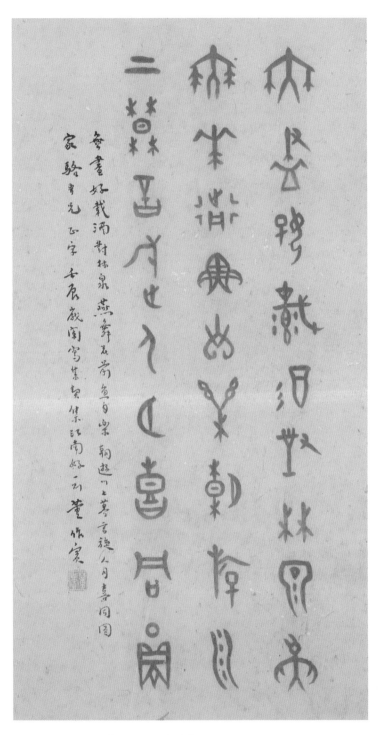

• 董作宾朱砂书《甲骨文五言诗》
• 洒银纸本　纵52.8cm　横27cm
• 钤印：董作宾

董作宾（1895-1963），字彦堂，又作雁堂，号平庐，温县林肇乡董杨门村人。他一生主要从事甲骨文考古与研究，著作等身，世所公认。他是全国甲骨学中少有的几个大师级学者之一。在中国学术界，曾有"甲骨四堂"之说。四堂者，"雪堂"罗振玉、"观堂"王国维、"鼎堂"郭沫若、"彦堂"董作宾也。如论"甲骨四堂"中书写甲骨文谓谁之最，非董作宾莫属。

孙文（1866-1925），字载之，号日新，又号逸仙，又名帝象，化名中山樵，伟大的爱国主义者、中国民主革命的伟大先驱。

此幅"博爱"书法匾额，原是孙文20世纪初期东渡日本时赠予帝国医科大学的一名医生的谢礼，而后来这位医生因其朋友五反田先生有恩于她，又因五反田先生有收藏中国书画习惯，便借花献佛，赠送予他。五反田先生收藏这件作品良久，后为了表示对邻居前田先生一直以来的关照，就在前田氏儿子的婚礼上，作为贺礼送给了新人夫妇。

这幅书法将"博爱"二字的表意，充分地诠释在了真实生活中，在充满爱的流传经纬之中，留下了温暖的写照。

- 孙文行书《博爱》
- 纸本 纵31.8cm 横90cm
- 钤印：孙文之印
- 著录于《日本北国新闻》，1998年

清乾隆年高溪徐子静繪紅日山松圖巨幅 浅春堂珍金玉楼珍藏

- 徐子静《红日山松图》
- 设色纸本　纵200cm　横115.2cm
- 钤印：徐子静

　　徐子静（1734-1808），这位清代乾隆时期的画家，以水墨的艺术形式描绘出两株气势苍劲、高高耸立的松树。笔法上笔力劲挺，疏密有致，繁简有章。两棵松树枝干前后深远分明，一轮红日正阳中天，使整幅画面更好地表现出了挺拔峻伟、凛然难犯、立体感极强的艺术效果。

程璋（1869-1938），原名德璋，号瑶笙，原籍安徽新安，移居江苏泰兴，后寓上海。程璋是近现代海派绘画大师级的人物，也是中国现代绘画史上一位创新派画家。不论花卉、翎毛、走兽、山水、人物，他皆能得心应手，挥洒自如。《代代封侯图》作于1924年。"封侯图"运用了一个谐音，通过对物象的描绘，引申出世人对富贵吉祥的渴望。本幅作品中共分老中青三代五只猴子，或蹲坐在石块之上，或悬吊在横生的老树枝干上，姿态各异，而画面中所有猴子的眼神，都紧盯着吊在树枝上的那只猴子手里捉住的一只野蜂，围绕着画中有蜂有猴正好谐音"封侯"二字，更从猴子手捉野蜂的姿态，来暗喻拜相封侯乃手到擒来之事。

- 程璋《代代封侯图》
- 设色纸本 纵146cm 横77cm
- 钤印：程璋之印、瑶笙诗词书画
- 著录于《中国近现代书画集》，1994年

• 殷梓湘《伯乐相马图》
• 设色纸本 纵40.80m 横65m
• 钤印：殷锡梁印、梓湘、青照楼、梓湘书画、丰乐堂

　　殷梓湘（1909-1984），名锡梁，字梓湘，以字行，又字子骥，号青照楼主，室名青照楼，江苏淮安人。他工画，目力奇佳，能于月下绘画，运笔如飞，赋色古丽，士林重之；于山水、人物，笔墨清雅，元气淋漓，远追唐宋。他精研六法，山水人物远追唐宋元明，20世纪40年代以画马闻名于世，为海上名家之一。

• 吴琴木《松溪钓亭图》
• 设色纸本 纵19.8cm 横28cm
• 钤印：吴琴木、冷枫居士

　　吴琴木（1894-1953），江苏吴江县人氏，原名桐生，后改单名桐，字琴木，号冷枫居士，别号苍梧生，室名志隐草堂。吴琴木是20世纪画坛上一位功力深厚的传统型画家，他以山水见长，兼能花鸟、人物，其艺术道路由师古人而师造化，由临仿而创作，由"四王"、吴恽而上溯吴门画派、元四家、赵孟頫、四僧、龚贤等，并自成一格。其作品表现出对古代文人画艺术的深刻理解与把握，结构严谨，笔墨精纯而多变，风格温润秀雅。其总的艺术倾向与同时代的吴湖帆、张大千、张石园等相仿佛，绘画能力亦在伯仲之间。

- 郑慕康《云林洗桐图》
- 设色纸本 直径43.4cm
- 钤印：慕康、辛丑

　　郑慕康（1901-1982），此幅《云林洗桐图》为文人洁身自好之象征。郑氏把精彩的历史故事经生花妙笔，变文字为图像，更加栩栩如生。画面布局疏朗却境界高远，碧桐高耸，树下有一童仆在擦着大树，看来不仅要清洗树根，连整棵桐树都要沐浴了。右下方的人物则是倪瓒，画中他神态洒脱，落落脱俗地坐在椅子上，看着洗树不止的童仆。院中梧桐树和太湖赏石尽显环境之清幽，表现了文人高雅的情趣和闲逸超脱的生活情致。

　　郑慕康在画坛有"郑梧桐"之声誉，此应是他的擅长之作。在表现有洁癖的倪瓒纯洁高尚的一面时，他用非常干净、爽快的线条描画人物，面部的神情平淡，好似神仙，尽显倪瓒的清风洁韵。整幅画面色清、神清、韵清，清香雅致，清静高逸，心境澄澈。郑慕康亦擅人物仕女。在中国绘画史上人物画的历史最为悠久，是最有特色的一个画种，而郑氏人物画的独特之处在于他将西洋画的明暗法、透视法和传统工笔人物糅合为一，且略胜其师冯超然一筹。本幅绘于方寸圆纸间，为郑氏绘画作品中罕有，实属难得。

• 吴琴木《抚陈老莲意绘玉堂春图》

• 设色纸本 纵84.5cm 横30cm

• 钤印：吴琴木、冷枫居士

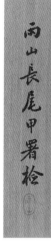

王一亭（1867-1938），名震，号白龙山人、觉器。王一亭是民国时期与吴昌硕比肩的海派书画大师，祖籍浙江吴兴，生于上海周浦。他曾加入同盟会，资助光复上海和二次革命。他一生虔信佛教，是上海著名的慈善家和实业家。王一亭的书画气韵生动，清新典雅，富有生活情趣而又大气端庄，尤其是人物、山水画达到了极高的艺术境界。

- 王一亭《琵琶行》
- 设色纸本 纵150cm 横41cm
- 著录于《白龙山人墨妙》，西泠印社1927年版
- 备注：原西泠印社日本籍社员 长尾甲（1864-1942）收藏并题签
- 钤印：王震大利、一亭、喫墨

江寒汀藤雉寿带图 辛未年著录於紫思园 江寒汀画集 浅春堂白云主珍藏

江寒汀（1904-1963），名荻，学名庚元，学画后改名石溪，字寒汀，后以字行，号寒汀居士，斋名"荻舫"，江苏常熟人，近现代画家。在20世纪30年代，上海画坛的四大名家江寒汀、唐云、张大壮、陆抑非被誉为海上花鸟画"四大名旦"，而寒汀先生被公认为"四大名旦"之首。海派艺术100余年间未曾中断，绵延至今，江寒汀的绘画艺术承上启下，确立了清新、自然、典雅的画风。江寒汀以擅绘各类禽鸟著称于画坛，他的绘画注重写生，并通过研究临摹历代花鸟画大师的技法，大量地从传统技法中汲取养分，融入自己的绘画风格当中。江寒汀的"小写意"花鸟画被称为"江家花鸟"，尽显海上画派温润典雅的风格，对当代花鸟画亦有着标杆式的影响。

- 江寒汀《紫藤绶带》
- 设色纸本 纵79.2cm 横27.5cm
- 著录于《江寒汀画集》，洁思园画廊1993年
- 钤印：江翁

陈小翠（1902—1968），又名璂，字翠娜，号翠俊、翠吟楼主，画斋名翠楼，钱塘杭县（今浙江杭州）人。她是民国时期的诗人和画家。其父为文学家陈栩园，因家学渊源，从小便受到了诗文书画的熏陶，幼时有"神童"之称，可见其天赋；后被誉为"民国十大才女"之一。在中国现代画坛上的女画家中，既擅长题跋诗文而又可读可赏者，陈小翠堪称是第一人，可与溥心畲或吴湖帆比肩。

陈小翠13岁时就能作诗，并将诗词发表在了《申报》上，同时她还从事英文图书翻译，在此过程中，书中逼真的西洋人物插画引起了她浓厚的兴趣，并将之一一摹画下来，贴在墙上。她17岁时，便师从杨士猷学仕女画，甚至达到了"寝食俱忘，双目直视，见画不见人"的痴迷程度。她的仕女画用笔细腻而又坚挺，设色清新雅丽，画风高逸秀雅，有沈周和唐寅的画风，但又将自己的审美情趣展现在画面中，别具一格。后来她又跟随海派大师冯超然学画花鸟，其花鸟画也如仕女画一般清丽风雅。她非常重视自我精神人格的修养，她画画有三

翠岭楼主挺笔秋崴意仿东坡五
堂宴肆闹妙品　明代张路有本
成德堂崴

• 陈小翠《苏轼回翰林院图》
• 设色纸本　纵109.4cm　横33.8cm
• 钤印：小翠画记、颍川翠侯

个信条：高尚的人格、天真的兴趣和刻苦努力。并且一定要戒掉"自满心、虚荣心、嫉妒心"，才能够使画面呈现出清新脱俗的风雅之气。

　　陈小翠此幅作品取材明代张路《苏轼回翰林院图》，但不一味趋于临摹，而是取法清代扬州画派的代表人物华喦的笔法，介于工笔和减笔写意画中的疏笔人物画风格。置于景物中人物的脸部五官刻画精细，生动传神，身体的动态、结构准确自然，使人物在构图上以简驭繁，以虚衬实。这件作品简单而极具象征性的环境，又契合了人物不同的面貌和精神状态。画中吹弹奏者专心致志的神态和欣赏者妙不可言的表情，颇为生动，高士衣纹线条简洁有力，勾描自然，面部表情质朴，却情意相交。画作中没有刻意体现苏轼任何宏伟的理想抱负，而是仿佛置身于世外桃源，专注于自己的内心平和、清净致远。正是这种纯粹的文人心态，让这幅画作简单清澈，回味悠长。画作上虽未落下纪年款，但此时的陈小翠对人物画技法的驾驭已相当纯熟，达到了以形传神的佳境。这种对自然的追寻，正是陈小翠的心之所向。

俞子才（1915—1992），名绍爵，以字行，斋名睫巢、春水草堂，浙江湖州人。他幼承家学，受叔父俞语霜及族兄俞涤烦的影响，童年时便爱好绘画，并由祖父俞潜卿教授国画。抗战时肄业于苏州美术专科学校油画系，其间所作丈二匹《蜀道图》，即入选全国第二届美展。1938年，师从吴湖帆学画，专攻山水，师法北宋董源、郭熙、巨然及元、明、清诸大家，尤擅长金碧青绿山水。其书法不拘一格，传统深厚，曾参加1937年全国美展，1938年起以卖画为生。新中国成立后，作品多次参加全国美展。1958年所作《虎丘山图》入展于社会主义国家造型艺术展览会，并多次为北京人民大会堂绘制巨幅布置画。

渐见藻影动波沫
自吞吐何虑荡春风
落红不知数留待
庚寅六月写为
念曾贤阮
葛王女士惠鉴
遥安俞子才寿

• 俞子才《鱼藻图》
• 设色纸本　纵24cm　横99cm
• 钤印：俞子才印、共悦濠梁

　　此幅《鱼藻图》作于1950年，画的是池塘的一隅，在表现技法上采用恽寿平的"没骨"画风，不用笔勾勒物象的轮廓线，而全以色彩点染而成。水藻和浮萍施以浓淡不同的花青和淡赭，赋色极轻淡而又能分出层次，因没有轮廓线的束缚，物象更具摇曳多姿的生动性。两尾大鱼、数十尾小鱼，以淡墨晕染鱼身，在水藻中畅游嬉逐。线条简练灵动，极具动态和神韵。画面上几乎没有直接描绘水纹的笔触，却给人以水面波平如镜、池水清澈见底的感觉，整个画面充溢着清透活泼和宁静自在的气息。

• 郑慕康《钟馗》

• 设色纸本 纵75cm 横51cm

• 铃印：郑慕康印

• 著录于《荣宝斋画谱》，2006年

郑慕康（1901-1982），名师元、师玄，号慕康，广东潮阳人。他幼年对美术、广告图案很有兴趣，1918年进入上海美专，以素描中的肖像画为主攻方向，师从冯超然，得明代曾鲸晕染法神髓，将西洋画中的明暗法、透视法和传统工笔人物糅合为一，表现工笔人物生动传神、古雅秀丽、灵动真实、惟妙惟肖。

钟馗，道教俗神，专司打鬼驱邪。中国民间常挂钟馗神像辟邪除灾，从古至今都流传着"钟馗捉鬼"的典故传说。此幅《钟馗》图，钟馗坐姿闲适，呈俯视状，怒目如电，而在河渠边捉龟献上的小鬼则丑陋惊恐，两者形成鲜明对比，突出了以正压邪的主旨。场景中所绘人物皆刻画细腻，线条遒劲流畅，面部表情尤为精致，极好地表现了正、邪人物之间不同的心理特征。此图笔墨苍秀，气韵生动，颇为传神，当为郑慕康人物画的佳作。

• 郑慕康《耄耋大年图》
• 设色纸本 纵87.2cm 横32.8cm
• 钤印：郑慕康印、师玄、桎华馆主
• 著录于《海派绘画大系》，上海书画出版社2016年版

- 颜梅华《锦绣黄山》
- 纸本 纵95cm 横53.5cm
- 钤印：雪盦、梅华、目师黄

280

款识：苍松绝壁晓霜寒，万壑崎岖叠翠峦。极目远看银色界，白雾隐路欲攀难。戊辰初冬重游黄山，是日午后抵温泉，直登玉屏，夜逢小雨，次日晨起，白雾迷漫，东风迎面，雾乘风大，层峦隐没，银色境界真奇观也。冒雾进发，予生难逢，上游花沟森峰峭壁，下百步云梯，此时骨意具悚，远眺鳌鱼峰，时出时没，变幻莫测，风烟欲晦，步步惜别于雾隙中，忆而记之。吴郡颜梅华于玉雪草庐。

颜梅华（1927-2022），号雪庵，斋号琴斋。浙江乐清（江苏苏州、徐州）人，出身书香世家，自幼喜读书，嗜丹青，聪明智绝，才情别具。20世纪40年代中期从事连环画创作，师从陈光镒。他尤其擅长武侠剑客和古典等题材，其笔下的侠客男士形象和绘画风格独具特色。解放前，被誉为连环画"四小名旦"之一。

- 明 德化窑夔龙纹三足炉
- 高8.2cm 口径10.4cm 足距9cm
- 炉口平唇，深腹，下承如意云头纹三足，胎底有窑裂，腹部两道凸弦纹间模印有夔龙纹与回纹。胎质洁白细腻。通体施白釉，釉质莹润，呈"象牙白"色。强光下胎体白中显肉红色，光润如凝脂。此炉胎釉精美，造型典雅，且以古朴的青铜器纹饰作为装饰，别具风格。

- 清 青花摇铃樽
- 高22.5cm 足距8.3cm

• 清 嘉庆粉彩四福闹寿 紫檀木插屏
• 通高66cm 整宽58cm

　　此件瓷板以秋葵绿为地，通体纹饰繁复，上绘粉彩缠枝番莲、宝相花、寿桃、蝙蝠等吉祥纹饰，瓷板周边缘用料彩绘以"回"字纹作为装饰，四角绘以四只蝙蝠（"四蝠"谐音为"赐福"），既表达了古人对于"对称哲学"的审美观，又隐匿地表达了对"天官赐福"的美好愿望。瓷板中间以八只寿桃点缀其上，暗合八仙祝寿，象征福寿延年、儿孙满堂。整板画面色彩鲜艳，构图疏密有致，绘画工艺精湛，花繁叶茂、淡雅芬芳、艳而不俗。观赏时，不禁让人产生心旷神怡的舒适。瓷板的外框和座架则选用上乘的小叶紫檀木，所雕刻的狮脸兽面纹饰，直接承袭乾隆朝风格，纹饰繁缛，精工细巧，形象威猛庄严，极见尊贵之感。

　　清代嘉庆时期烧造这类气息华丽、色泽鲜亮匀净的粉彩瓷板，以及在木料上呈现的精湛雕刻技艺，沿袭了乾隆朝制瓷之特点，并酷似乾隆朝风格；所采用传统寓意吉庆的图案，制作及绘画技巧亦十分娴熟。此件插屏造型秀雅，端庄稳重，纹饰布局繁密，尽展嘉庆器物承袭乾隆奢华的艺术遗风，应为嘉庆时期粉彩陈设器的精品。

- 清 同治粉彩百花不露地盘龙天球瓶一对
- 高22.5cm 足距7cm

　　百花不露地的画法出现在瓷器上，始于乾隆年间，寓意"繁花似锦，富贵无尽"，历代皆有烧造。到了同治、光绪时期，这种瓷器依然大量流行，但多仿制乾隆时期的风格。

　　此粉彩天球瓶，瓶成一对，造型饱满，绘画繁密，通景百花盛开，从口沿到底部，密不透风。瓶的颈肩处各捏塑矾红彩描金戏火珠猛龙一条，只见两条苍龙四爪张弛有力，盘踞瓶身，互做怒目对视状，整体造型古雅端庄，质感逼真，线条流畅且富于变化。此对花瓶制作成功与否，全在苍龙之塑造，然而古代工匠深明此理，对于苍龙塑造极见神韵，绝非庸手可为。"双龙戏珠"寓意吉祥，自古以来都是平安长寿的象征。此瓶可贵之处还在于成对，传世至今，且保存完好，实属难得。

• 清 孟母教子青花梅瓶花插
• 高13cm 足距4.7cm

　　梅瓶是我国古代瓷器中一种独特的器形，其主要特征是小口、短颈、丰肩、修腹、窄胫，口径之小仅与梅之瘦骨相称，故名梅瓶。梅瓶器形始于唐代，最初是用来盛放美酒的。到宋代，梅瓶还有另外一个别名，叫经瓶。梅瓶的造型非常优美，恰似一位亭亭玉立的少女，因此后来梅瓶慢慢发展成一种陈设装饰用器。后世历朝历代，都对梅瓶造型非常喜爱，且一直作为有代表性的器形延续烧造，从而使梅瓶的造形贯穿整个中国陶瓷发展过程中，因此梅瓶也被美誉为"瓶中之王"。

　　教子图纹饰最早出现于元代时期，并应用于明清两代大量的瓷器纹饰中。所谓教子图，就是表现中国古代以家庭教育为主题的背景。教子图的载体类型盛于清代雍正时期，雍正时期的瓷器素以精细文雅著称，故在器形的表现中也极尽"轻巧俊秀，工丽妖媚之貌"。

　　此件青花"梅瓶花插"的绘画，主要表现了妇人日常教子读书的情景，只见母亲站立持书指点，对面孩童虽在庭院之外，却心无旁骛地求知问学。儿童抬头注视母亲，双臂呈迎抱之势，似在将学习的心得认真地与母亲进行交流。画面中不但体现了浓厚的学习氛围，也反映了在古代儿童教育中，家庭教育对于子女的非凡意义，同时也从侧面体现了这一时期的政治制度、思想文化及审美取向。

居仁堂位于中南海，原名海晏堂，本为慈禧接见外国公使所修造的。清王朝覆败后，袁世凯执政就任总统，并入住海晏堂，后来由于野心膨胀，开始称帝复辟，改国号为"洪宪"，其寓所也被改称"居仁堂"。为效仿清皇廷礼制，袁世凯命心腹之人前往景德镇，负责"洪宪朝御用瓷"的烧制。虽然袁世凯复辟在位仅短短83天，但在这批"御用瓷"烧制上下的功夫却是不浅。因此这批制瓷也被称为景德镇瓷窑所烧制的"最后的御用瓷"。

此件粉彩芦雁纹观音瓶，圆口束颈，丰肩敛腹，下承圈足。线条比例之和谐如观音玉立，于肃穆之中透出一股尊贵典雅之气。观音瓶器形创烧自康熙年间，流行于后世，因其器形隽雅高贵，釉面素洁温润，为世人所重。历代瓷器装饰多吉祥图案，有"图必有意，意必吉祥"的鲜明时代特征。大雁历来都被认为是吉祥之鸟，是守信的象征，（芦雁）谐音也有金榜题名的吉祥寓意。古人认为雁有信、礼、节、智四德，寒则自北而南，止于衡阳，热则自南而北，归于雁门，其信也；飞则有序而前鸣后和，其礼也；失偶不再配，其节也；夜则群宿而一奴巡警，昼则衔芦以避缯缴，其智也。所以历来大雁被称为是忠贞之鸟。此芦雁纹瓶在绘画上生动表现了大雁飞、鸣、食、宿的各种姿态。同样的状态，实际上也契合了我们人类生活中的四个状态。此件器物的设计者甚得天然意趣，在绘画上线条舒展柔美，釉彩浓淡相宜，构图疏密有致，再配以富有韵律感的观音（"观音"同"官印"）样式瓶的结合，宛如天成。工艺精湛细致而无造作之痕，当属晚清民国时期粉彩瓷的上乘佳作。

• 民国 居仁堂款粉彩芦雁纹观音瓶
• 高34.9cm 足距8.6cm

- 清 《独占鳌头》灯笼瓶
- 高21cm 足距9.5cm

　　瓶成一对，瓶身整体器形宛若一传统灯笼，圆润饱满，隽秀端庄。瓶口均为圆形侈口，束颈丰肩，直壁下方渐敛，通体白釉作地，圈足内有"乾隆年制"款。瓶壁处饰以粉彩工艺，勾勒出汹涌的波浪、细密的水纹与激溅的浪花，极具动感。海中央可见魁斗星君手持笔墨一足跷起，一足独立于巨鳌之上，其发上翘、突目獠牙、腰扎虎皮、吴带当风，展现出奇特的平衡美感，让观者宛如妙入了一个神话世界。

后记

　　评论别人的文章相对容易，可如果要自己写上一篇好文章，却是一件十分困难的事情。通过这次亲身体验，我由衷地感受到了充斥其间的艰辛与煎熬。

　　这次写作，是对我多年来研究与收藏书画的回顾和总结。这其实不难理解，一个人行路久了，的确需要停顿一下，思考自己"从哪里来，欲往何处去"。类似既微观、又宏观的问题，实难细微地探索到骨髓，还请读者朋友海涵。至于书中未记载的事项，也可能多到无法细数，那就只能挂一漏万，留待将来另有机会了。我想说的是，这里的每个字，都是真实的。我平生戒欺，既不愿妄自菲薄，更不敢拔高自己。如果读者朋友在具体阅读品评文字时，认为有的下笔与前人说的相同，就我的本意而言，应该不是想人云亦云，而确实是不能不同；同样，若有的话和从前的论述相异，也并非要刻意地标新立异。我追求的是写作的真实性与自身所获得的知识相融，力求平实而恰当。因为这是我人生第一次陷于漫长的写作中，加之受自身能力所限，感觉好些时候做不到挥洒自如，在心到的同时也能运用到文笔上的通达。所以，这充其量是一部个人的成长史和心灵史，唯自己享受其间。如果读者朋友还能从这些文字中获益，则大大超乎我内心的冀望，乃老天给予的奖赏。如此先施为礼。

我曾在一篇短文中这样描述自己："余性本顽劣，幼不好学，及至壮年，酷爱读书，经史百家常存几案，强记默识，经目谙心。然余心智本不聪慧，比之博学之士，仍宛有不及，学海无涯，余安敢一日懈怠……"我愿意继续保持初心，在笃行中有一分热，发一分光，有多远就走多远。

诚然，从唯物辩证法的角度看，没有什么是可以永恒存在的。人们追逐新鲜事物的热情，要远甚于对过往文明的兴趣；而我们收藏历代艺术珍品，本质上就是要赋予它们以当下的意义，在不断研究与光大中，尽可能完好地留传给子孙。这也是我们这代人和不只是我们这代人的使命。

白云王玮

于海上成德堂

癸卯春日

自《看白云》成书以来，其间多生繁缛未料之事，蒙师友亲朋扶翼与爱护，竟逐一达成。于此使我无任感激，恳悒之至。特萧片楮，敬申谢忱！

上海铭广拍卖有限公司
李鹤帆 先生

中国非遗传承人
李叶发 先生

上海拍卖有限公司
邵峰 先生

篆刻家
王大陆 先生

书法家
桑家敏 先生

上海明轩拍卖有限公司
杨浩 先生

上海朵云轩拍卖有限公司
郑颐哲 先生

上海光大银行
蒯超 先生

感谢各位扫描并添加我的微信,期待与您共同交流、学习和成长。让我们在微信的世界里,一起探讨行业话题,分享生活点滴,携手共创美好未来!

图书在版编目（CIP）数据

看白云 ：我与收藏的因缘 / 王玮著. -- 上海 ： 文
汇出版社，2024.6
　　ISBN 978-7-5496-4218-2

　　Ⅰ．①看… Ⅱ．①王… Ⅲ．①纪实文学－中国－当代
Ⅳ．①I25

中国国家版本馆CIP数据核字（2024）第055026号

看白雲

——我与收藏的因缘

著　　者 / 王　玮

责任编辑 / 乐渭琦 周卫民
书名题字 / 清·黎简（出自《看白云》书法匾额）
装帧设计 / 金于日

出版发行 / 文匯出版社
　　　　　　上海市威海路755号
　　　　　　（邮政编码200041）
经　　销 / 全国新华书店
印刷装订 / 浙江经纬印业股份有限公司
版　　次 / 2024年6月第1版
印　　次 / 2024年6月第1次印刷
开　　本 / 787×1092　1/16
字　　数 / 120千
印　　张 / 19.5

书　　号 / ISBN 978-7-5496-4218-2
定　　价 / 198.00元